U0081401

馬華文學批評大系：高嘉謙
Malaysian Chinese Literary Criticism : Ko Chia Cian

高嘉謙著

by Ko Chia Cian

元智大學中語系  二〇一九年二月

Department of Chinese Linguistics & Literature,
Yuan Ze University, Taiwan.

馬華文學批評大系：高嘉謙

主　　編：鍾怡雯、陳大為

本卷作者：高嘉謙

編校小組：江劍聰、王碧華、莊國民、劉翌如、謝雯心

出版單位：元智大學中國語文學系

　　　　　桃園市中壢區遠東路 135 號

電　　話：03-4638800 轉 2706, 2707

網　　址：http://yzcl.tw

版　　次：2019 年 02 月初版

訂　　價：新台幣 320 元

Malaysian Chinese Literary Criticism : Ko Chia Cian

Editors : Choong Yee Voon & Chan Tah Wei

Author : Ko Chia Cian

©2019 Dept. of Chinese Linguistics & Literature, Yuan Ze University, Taiwan.

ALL RIGHTS RESERVED

國家圖書館出版品預行編目（CIP）資料

馬華文學批評大系：高嘉謙 / 高嘉謙著；
鍾怡雯, 陳大為主編. -- 初版. --
桃園市：元智大學中文系, 2019.02　　面；　公分

ISBN 978-986-6594-48-9(平裝)
1.海外華文文學　2.文學評論

850.92　　　　　　　　　　　108001119

總序：殿 堂

　　翻開方修（1922-2010）在一九七二年出版的《新馬華文文學大系（1919-1942）‧理論批評》，當可讀到一個「混沌初開」、充滿活力和焦慮、社論味道十足的大評論時代。作為一個國家的馬來亞尚未誕生，在此居住的無國籍華人為了「建設南國的文藝」，為了「南國文藝底方向」，以及「南洋文藝特徵之商榷」，眾多身分不可考的文人在各大報章上抒發高見，雖然多半是「赤道上的吶喊」，但也顯示了「文藝批評在南洋社會的需求」。[1]

　　這些「文學社論」的作者很有意思，他們真的把寫作視為經國之大業、不朽之盛事，披荊斬棘，開天闢地，為南國文藝奮戰。撰

---

[1] 本段括弧內的文字，依序為孫藝文、陳則矯、悠悠、如焚、拓哥、（陳）鍊青的評論文章篇名，發表於一九二五～三〇年間，皆收錄於方修《新馬華文文學大系（1919-1942）‧理論批評》一書。此書所錄最早的一篇有關文學的評論，刊於一九二二年，故其真實的時間跨度為二十一年。

寫文學社論似乎成了文人與文化人的天職。據此看來，在那個相對單純的年代，文學閱讀和評論是崇高的，在有限的報章資訊流量中，文學佔有美好的比例。

　　年屆五十的方修，按照他對新馬華文文學史的架構，編排了這二十一年的新馬文學評論，總計 1,104 頁，以概念性的通論和議題討論的文學社論為主，透過眾人之筆，清晰的呈現了文藝思潮之興替，也保存了很多珍貴的文獻。方修花了極大的力氣來保存一個自己幾乎徹底錯過的時代[2]，也因此建立了完全屬於他的馬華文學版圖。沒有方修大系，馬華文學批評史恐怕得斷頭。

　　苗秀（1920-1980）編選的《新馬華文文學大系（1945-1965）‧理論》比方修早一年登場，選文跳過因日軍佔領而空白的兩年（1943-1944），從戰後開始編選，採單元化分輯。很巧合的，跟第一套大系同樣二十一年，單卷，669 頁。兩者最大的差異有二：方修大系面對草創期的新馬文壇氣候未成，幾無大家或大作可評，故多屬綜論與高談；苗秀編大系時，中堅世代漸成氣候，亦有新人崛起，可評析的文集較前期多了些。其次，撰寫評論的作家也增加了，雖說是土法煉鐵，卻交出不少長篇幅的作家或作品專論。作家很快成為一九五〇、六〇年代馬華文學評論的主力，文學社論也逐步轉型為較正式的文學評論。

　　二〇〇四年，謝川成（1958-）主編的第三套大系《馬華文學大

---

[2]　方修生於廣東潮安縣，一九三八年南來巴生港工作。一九四一年，十九歲的方修進報社擔任見習記者，那是他對文字工作的初體驗。

系‧評論（1965-1996）》（單卷，491 頁）面世，實際收錄二十四年的
評論[3]，見證了「作家評論」到「學者論文」的過渡。這段時間還算
得上文學評論的高峰期，各世代作家都有撰寫評論的能力，在方法
學上略有提升，也出現少數由學者撰寫的學術論文。作家評論跟學
者論文彼消此長的趨勢，隱藏其中。此一趨勢反映在比謝氏大系同
年登場（略早幾個月出版）的另一部評論選集《馬華文學讀本 II：
赤道回聲》（單卷，677 頁），此書由陳大為（1969-）、鍾怡雯（1969-）、
胡金倫（1971-）合編，時間跨度十四年（1990-2003），以學術論文為
主[4]，正式宣告馬華文學進入學術論述的年代，同時也體現了國外學
者的參與。赤道形聲迴盪之處，其實是一座初步成形的馬華文學評
論殿堂。

　　一九九〇年代後期是個轉捩點，幾個從事現代文學研究的博士
生陸續畢業，以新銳學者身分投入原本乏人問津的馬華文學研究，
為初試啼音的幾場超大型馬華文學國際會議添加火力，也讓馬華文
學評論得以擺脫大陸學界那種降低門檻的友情評論；其次，大馬本
地中文系學生開始關注馬華文學評論，再加上撰寫畢業論文的參考
需求，他們希望讀到更為嚴謹的學術論文。這本內容很硬的《赤道
回聲》不到兩年便銷售一空。新銳學者和年輕學子這兩股新興力量
的注入，對馬華文學研究的「殿堂化」產生推波助瀾的作用。

　　這四部內文合計 2,941 頁的選集，可視為二十世紀馬華文學評論

---

[3] 此書最早收入的一篇刊於一九七三年，完全沒有收入一九六〇年代的評論。
[4] 全書收錄三十六篇論文（其中七篇為國外學者所撰），三篇文學現象概述。

的成果大展，或者成長史。

　　殿堂化意味著評論界的質變，實乃兩刃之劍。

　　自二十一世紀以來，撰寫評論的馬華作家不斷減少，最後只剩張光達（1965-）一人獨撐，其實他的評論早已學術化，根本就是一位在野的學者，其論文理當歸屬於學術殿堂。馬華作家在文學評論上的退場，無形中削弱了馬華文壇的活力，那不是《蕉風》等一兩本文學雜誌社可以力挽狂瀾的。最近幾年的馬華文壇風平浪靜，國內外有關馬華文學的學術論文產值穩定攀升，馬華文學研究的小殿堂於焉成形，令人亦喜亦憂。

　　這套《馬華文學批評大系》是為了紀念馬華文學百年而編，最初完成的預選篇目是沿用《赤道回聲》的架構，分成四大冊。後來發現大部分的論文集中在少數學者身上，馬華文學評論已成為一張殿堂裡的圓桌，或許，「一人獨立成卷」的編選形式，更能突顯殿堂化的趨勢。其次，名之為「文學批評大系」，也在強調它在方法學、理論應用、批評視野上的進階，有別於前三套大系。

　　這套大系以長篇學術論文為主，短篇評論為輔，從陳鵬翔（1942-）在一九八九年發表的〈寫實兼寫意〉開始選起，迄今三十年。最終編成十一卷，內文總計 2,666 頁，跟前四部選集的總量相去不遠。這次收錄進來的長論主要出自個人論文集、學術期刊、國際會議，短評則選自文學雜誌、副刊、電子媒體。原則上，所有入選的論文皆保留原初刊載的格式，除非作者主動表示要修訂格式，或增訂內容。總計有三分之一的論文經過作者重新增訂，不管之前曾否結集。這套大系收錄之論文，乃最完善的版本。

　　以個人的論文單獨成卷，看起來像叢書，但叢書的內容由作者自定，此大系畢竟是一套實質上的選集，從選人到選文，都努力兼顧到其評論的文類[5]、議題、方向、層面，盡可能涵蓋所有重要的議題和作家，經由主編預選，再跟作者商議後，敲定篇目。從選稿到完成校對，歷時三個月。受限於經費，以及單人成冊的篇幅門檻，遺珠難免。最後，要特別感謝馬來西亞畫家莊嘉強，為這套書設計了十一個充滿大馬風情的封面。

鍾怡雯

2019.01.05

---

[5]　小說和新詩比較可以滿足預期的目標，散文的評論太少，有些出色的評論出自國外學者之手，收不進來，最終編選的結果差強人意。

編輯體例

[1] 時間跨度：從 1989.01.01 到 2018.12.31，共三十年。

[2] 選稿原則：每卷收錄長篇學術論文至少六篇，外加短篇評論（含篇幅較長的序文、導讀），總計不超過十二篇，頁數達預設出版標準。

[3] 作者身分：馬來西亞出生，現為大馬籍，或歸化其他國籍。

[4] 論文排序：長論在前，短評在後。再依發表年分，或作者的構想來編排。

[5] 論文格式：保留原發表格式，不加以統一。

[6] 論文出處：採用簡式年分和完整刊載資訊兩款，或依作者的需求另行處理。

[7] 文字校正：以台灣教育部頒發的正體字為準，但有極少數幾個字用俗體字。地方名稱的中譯，以作者的使用習慣為依據。

目　錄

I　　總序：殿堂　／鍾怡雯

VI　編輯體例

001　漢詩「下南洋」：馬華漢詩的風土與疆界

020　邱菽園與新馬文學史現場

041　畫夢的鄉土：論憂草散文的鄉土感性與抒情

067　誰的南洋？誰的中國？
　　　——試論《拉子婦》的女性書寫與書寫位置

087　性、啟蒙與歷史債務：李永平《大河盡頭》的創傷和敘事

123　骸骨與銘刻：論黃錦樹、郁達夫與流亡詩學

156　離散馬華與文學史：黃錦樹的論述／小說個案觀察

188　日本的馬華文學接受史

197　台灣經驗與早期風格——張貴興《沙龍祖母》

203　本卷作者簡介

漢詩「下南洋」：
馬華漢詩的風土與疆界

一、境外：漢詩的離散與南來

　　十九世紀末以降，士大夫與平民百姓的跨境出國已成常態，尤其以謀生為主的群體遷徙，華工的跨境出洋，說明晚清以來的中國正進入大離散的時代氛圍。在此脈絡下重新討論詩的寫作，除了凸顯詩的境外書寫已成為遷徙者在流動過程中極為重要的文學實踐，同時亦清晰勾勒出中國精粹的傳統文學形式，必然遭遇海外異質世界與文明體驗，從而衍生文類形式的守成與改造，以及修辭手段與內容表徵的思考。如此一個遷徙流動的情境，一個主動與被迫的現代境遇，無形中預告了傳統文人最熟悉的古典詩詞寫作，進入到一個現代情境世界的書寫。

　　我們以漢詩命名這類境外書寫的舊體詩歌，除了兼具域外漢字

文化圈的古典詩詞寫作傳統，同時凸顯世紀交替的境外漢詩具有詩界革命倡導的「新意境、新語言、舊風格」的寫作趨向，多有音譯新詞新語入詩現象，漢詩更接近現代情境下的境外寫作與離散狀態——不在中國，既有漢語的文化想像，亦有漢語的表述邊界和語言混雜現象的實驗及思考。

從族裔遷徙和離散敘事的角度而言，「下南洋」或「南來」表現了中國南方在境外的經濟與勞力流動，並象徵一個值得探究的文化與文學播遷的地理軌跡。中國使節和文人的南來形塑了早期新馬地區的文學生產，其中以漢詩寫作規模最為可觀。這些知識份子的南來凸顯士大夫階層的境外離散和文化播遷，尤其部份南來文人兼具詩人和政治身份，他們流寓南洋期間的文化影響和文學實踐，都直接或間接形塑了我們理解殖民地時期新馬最初的文學風貌。從左秉隆、黃遵憲、楊雲史、康有為、丘逢甲、梁啟超、邱菽園、陳寶琛，甚至二戰時期的郁達夫等外交官和詩人的南來，我們注意到了南方的漢詩譜系精彩的一面。而報刊、文社的普及，由晚清延續到戰後，不曾中斷且散落報刊的無數漢詩和默默無聞的詩人，更說明了不容小覷的漢詩生產規模。漢詩形塑的海洋意象、中華帝國及其周邊國家的朝貢貿易歷史和世界體系的變革、離散華人社會的脈動、中華教化與文化傳播、認同與鄉愁、殖民地體驗，以及近代中國的地理、外交、政經延伸的家國危機，成為別具面貌的境外漢詩特色，理應構成辯證東亞漢詩體系的新視角。尤其漢詩的生產不但構成了華人移民文學的早期發展型態，且銘刻南來的遷徙情境和移民的落地生根。截至廿一世紀的今天，漢詩始終未絕跡於新馬地區，象徵了南

來脈絡的馬華文學生態中，持續性的對民族文化和審美意涵上文化共同體的想像。

　　南來文人對馬華文學別具意義，當然屬於離散文學的重要個案，間接也指出南來作為一個遷徙流動的地理概念，實際已是一個文學地理的觀察。馬華離散漢詩因而是討論馬華文學的起源與發展，最初且關鍵的文本。這提醒我們關注殖民地時期的馬來亞華人移民社會，及其文學生產機制，同時提出對馬華文學史書寫長期以新文學為起點的反思和辯證。

　　本文試圖描述南來象徵的文學播遷與跨境，以及馬華古典漢詩群體的組成脈絡，探討十九世紀末南來作者形成的文學社群和建制，以及他們筆下的南洋書寫。對照今日仍陷認同政治的馬華文學[1]，漢詩既勾勒出別具意義的文學地理和離散敘事，也凸顯了馬華文學最初的越境，以及漢詩與現代性的辯證。

　　我們藉由詩人筆下理解他們表徵現代情境下瞬間震攝的存在感、時間的急迫和文化斷層的擠壓，一一浮現為詩的內容，以致地理的遷徙、流亡，變成詩寫入時代的重要姿態。因此漢詩的古典意象在越境寫作裡，難免構成抵擋現代時間風暴的隱喻式書寫，相對帶有一種文化的審美意味。

　　但漢詩的現代性思考，不僅是新派詩意義下的新詞彙、新概念，而是現代性意識如何具體落實在「滑動覆疊」的異元素變革與轉換。

---

[1] 對此議題的重要討論，參黃錦樹，〈馬華文學與（國家）民族主義：論馬華文學的創傷現代性〉，《中外文學》34 卷 8 期（2006 年 1 月），頁 175-192。

因此漢詩在遷徙流動中的空間、疆界思索，以及對城鄉地景、自然景觀、文化空間和生存體驗的描述，具體辯證了詩人在南洋的存在方式與自我認知，因而形塑馬華的漢詩風土[2]。換言之，我們對漢詩「下南洋」的思考，不僅是設邊立界的國土疆域，尚且觸及語言系統的變換與人的生存位置與想像，呈現文體與疆界的交織和連繫。

二、「被發現的南洋華人」：使節與漢詩

一八八一年首位由中國直接派駐新加坡的領事左秉隆（1850-1924）走馬上任，同年新加坡最早的華文報刊《叻報》創刊。使節到來，中國文人南來旅遊、訪友活動逐漸頻繁，文人之間的詩詞唱和透過報刊等公共領域流傳，一個由南來文人與本地士紳共同組成的「士階層」初步形成。[3]流寓者投入漢詩寫作，表現了中國知識份子的傳統教養和文化雅興。其中，左秉隆創辦會賢社，每月在報刊開出課題，公布課榜，評選優異詩文，建立一套對華人移民啟蒙教化的文化機制。一八九一年接任領事的黃遵憲（1848-1905）將「會賢社」改為「圖南社」，眼光轉向南洋風土紀錄。每月課題中，關於南洋的題目就有「新加坡風俗優劣論」、「巫來由文字考」、「南方草木

---

[2] 討論「風土」的具體意義，是觀察「我們在風土中發現我們自身」。參見和辻哲郎，《風土》（北京：商務印書館，2006 年）。

[3] 相關研究見梁元生，〈十九世紀新加坡華人社會中「士」階層之分析〉，收入氏著，《新加坡華人社會史論》（新加坡：新加坡國立大學中文系，1997 年），頁9-30。

贊」、「新加坡草木雜詩」等。黃遵憲以「圖南」社名取自莊子大鵬南飛的典故[4]，期勉社員大興文風，開啟南國的文學天地。他超越一般流寓者的去國憂思，進一步以使節的高度，關懷華人社會的內部議題，將焦點放在華人社會的基本生存的大環境。

　　使節的派駐改變了南洋華人的政治環境，同時推動了當地的文化傳播與文學教化。二人不但是清廷派駐南洋頗受稱譽的領事官，且留下詩集。左秉隆《勤勉堂詩鈔》（1959）由後人結集，寫於新加坡詩篇約兩百至三百餘首，紀錄了前後兩次共十餘年駐新生涯的見聞。[5]他曾有詩句：「乘興不知行遠近，又看漁火照星洲」。為此小島賦予「星洲」雅名[6]，又以息力（selat）為題，特寫星洲開埠後作為

---

[4]　〈圖南社序〉，《叻報》（1892 年 1 月 1 日）。又見黃遵憲著，吳振清等編校，《黃遵憲集》（天津：天津人民，2003 年），頁 383-384。

[5]　左秉隆駐新時間共有兩次，分別為一八八一至一八九一，一九〇七至一九一〇。《勤勉堂詩鈔》只進行體例分類，未做繫年，故對其寫於南洋的詩篇判斷也有出入。其中李慶年統計約三百一十八首，何奕愷統計則是二百四十一首。對照整本詩集的篇數，寫於南洋之作已佔四至五成。數量如此龐大，歷來討論者卻不多。關於李、何二人的統計，見李慶年，《馬來亞華人舊體詩演進史》（上海：上海古籍出版社，1998 年 6 月），頁 96-98。何奕愷，〈左秉隆《勤勉堂詩鈔》中南洋之作考〉，《南洋學報》第 63 卷（2009 年 12 月），頁 131-146。左秉隆，《勤勉堂詩鈔》（新加坡：南洋歷史研究會，1959 年）。相關詩作的引文均出自此版本。

[6]　論者普遍以為「星洲」一詞始於邱菽園創設。見邱菽園，《五百石洞天揮麈》（卷一）（廣州：閩漳邱氏，1899 年），頁 24-25。他在晚年遺作〈星洲溯源談〉也提及這是自己在一八九八年「為天南新報時所偶然命名」。此文收入蘇孝先編，《漳州十屬旅星同鄉錄》（新加坡：僑光，1948 年），頁 13。但陳育崧指出「星

東西方貿易的重要地理位置，卻又難掩自身派駐此異地的孤寂落
寞感。

> 息力開新島，帆檣集四方。左襟中國海，西接九州鄉。
>
> 野竹冬仍翠，幽花夜更香。誰憐雲水裡，孤鶴一身藏。（〈息
> 力〉，頁 86）

尤其到了第二次駐新，清廷危機更重，領事的無力感可想而知，甚
至有詩自嘲自己面對華人受侮時的態度：「世無公理有強權，舌敝張
蘇總枉然。外侮頻來緣國弱，中興再造望臣賢」（〈華僑有以受侮投
訴者作此示之〉，頁 176）。箇中無奈，不言而喻。使節終究是過客，
「經過冷署頻回首，蝶去樓空樹半傾」（〈舟過息力〉，頁 168），息力
在這裡的韻味，特別彰顯出潛在的歷史變局。

　　黃遵憲的《人境廬詩草》（1911）收錄有關南洋的漢詩三十餘首，
這些片段的南洋形象紀錄，卻頗具盛名。〈以蓮菊桃雜供一瓶作歌〉
處理離散華人在殖民地的族群政治，觸及整體的華人歷史處境。〈新
加坡雜事詩〉是一組典型的南洋風土書寫。其中名作〈番客篇〉歷
來被視為重現華人大流徙時代的移民「詩史」，強調其以民歌形式表
現十九世紀末海外華人生活的歷史情境。

　　〈番客篇〉細寫南洋土生華人的婚禮過程和各族賓客匯聚的場
面，儼然描述南洋地誌。從婚宴的布置、飲食、擺設、服飾等生活日

洲」之名已見於左秉隆在一八八七年〈遊廖埠〉詩句。陳的說法見氏著，〈一八
一九年以前的新加坡〉，《椰陰館文存》（第一卷）（新加坡：南洋學會，1983
年），頁 64。

常細節展開敘事，以豐富多變的詩語言，表徵了南洋詩獨具特色的民間格局。詩人著眼中西元素並存、華洋雜處、族群互動，以寫實的華人婚禮，描述華人移居離散的環境。透過賓客不同的行業，從漁業、海運、礦業、種植業、貨殖、甲必丹等等發跡的華人，詩人筆觸靈巧，寫盡暴發戶、投機者、資本家的不同嘴臉，已是華人拓荒史的縮影。

　　處於帝國使節與殖民地華人的保護者的角色之間，黃遵憲筆下的「番客」更進一步道盡「番」民身份與「客」居的現實。他不但直指清廷政府海禁政策的錯誤，以及衍生的鄉人對歸僑的剝削和掠奪：「國初海禁嚴，立意比驅鱷」、「誰肯跨海歸，走就烹人鑊」、「堂堂天朝語，祇以供戲謔」，並同情華人異地生活的無根和邊緣處境：「譬彼猶太人，無國足安托」、「雖則有室家，一家付飄泊」。尤其生存在西方勢力底下的殖民地，勞動移民群體的文盲者，其終究無法表述自身的生存體驗：「一丁亦不識，況復操筆削」。而識字者，也在難以歸返祖國和西方權力階級的排擠之外：「識字亦安用？蕃漢兩棄卻」。這深刻透露出「番」在國境內外脈絡下被拋置的流離現實，「客」更非一般流寓者的「客感」、「客恨」，而是移民群體無法言及的飄零。

　　〈番客篇〉呈現了我們當今談離散華人（Chinese Diaspora）的原初場景。因此「近來出洋眾，更如水赴壑。南洋數十島，到處便插腳。他人殖民地，日見版圖廓。華民三百萬，反為叢驅雀」直指使節眼下「被發現的南洋華人」，是如此一幅景觀：遭漠視的移民勞動群體、華人教育的匱乏、無力護僑的中國政府、壯大的西方殖民勢力和優越的白人統治階級。換言之，作為使節與詩人的黃遵憲，在晚

清時刻發現了一部「華人移民史」。這些境外漢詩勾勒了人類學和社
會學意義下文化遷徙，可以看作華語語系文學的最初概念與雛形，
跨境離散的南方敘事。

三、孔教與漢詩的流亡

　　一九○○年兩位晚清嶺南的著名詩家康有為與丘逢甲南來，替
南洋漢詩形塑了迥異的風貌。丘逢甲（1864-1912）是從台灣內渡廣
東的抗日詩人，康有為（1858-1927）是戊戌政變後流亡海外的逋臣，
兩位名人為孤懸海外的新加坡島，帶來了巨大的文化光環及文教氣
息。丘逢甲在抵達新加坡以前，他的百餘首詩作和文章經由當地文
人邱菽園在報刊的登載與傳播，丘逢甲的名氣、光環與辦學志向早
已滲入當地知識階層的紳商之間。此次南來還前往馬來半島，印尼
各地演講與拜訪。整趟旅程由此定調為一趟宣揚辦教育創學堂宗旨
的文教行旅，發表多篇倡導創建孔廟學堂的文章[7]，鼓勵了當地的孔
教運動。當地華人的熱烈響應和推崇，讓丘逢甲感到意氣風發的自
豪。從兩首〈自題南洋行教圖〉的氣勢看來：

　　莽莽群山海氣青，華風遠被到南溟，

　　萬人圍坐齊傾耳，椰子林中說聖經。

---

[7]　〈勸星洲閩粵鄉人合建孔子廟及大學堂啟〉，《天南新報》1900 年 3 月 27 日、
　　〈紀邱工部逢甲大霹靂埠衍說　四月初一日〉，《天南新報》1900 年 6 月 4 日、
　　〈吧羅創建孔廟學堂緣起〉，收入廣東丘逢甲研究會編，《丘逢甲集》（長沙：岳
　　麓書社，2001 年），頁 823。

二千五百餘年後，浮海居然道可行。

獨倚斗南樓上望，春風迴處此瀾生。[8]

詩裡盡現熱烈的排場，展示一種文化自足。恰是這種萬人聽教的場景，激動詩人飄零枯竭的心境，彷彿找到了異域漢學復興的契機。丘逢甲終於在自我建構的漢詩與文教空間裡窺見理想，渡海實踐詩與文的寄託。從保教保種到興學，當地移民所追求文化身分的安頓與確立，振興丘逢甲的教育事業，也牽動了孔教播遷的文化地理。

同年，流亡中的康有為接受了邱菽園的邀請，從香港來到新加坡避難，開始他在新馬地區的流亡生活。作為戊戌政變的出亡者，他前後出入新馬的次數要比晚清其他流寓南洋的文人更多，留居時間相對也長[9]。他在南洋創作生產的漢詩，足以組成他已出版詩集的三卷。這階段的漢詩內涵，基本籠罩著一種深沈的創傷意識與帝國想像。戊戌變法時他走在帝國前端，變法失敗後他走在帝國境外，他自詡為帝國維新之師，卻又只能在絕域流離喟嘆。他驚恐無奈與忐忑不安的壯志抱負，在詩裡化成一股鬱結的氣象：

[8] 丘逢甲，〈自題南洋行教圖〉，初見《天南新報》1900 年 5 月 22 日。又見上注前揭書，頁 470。

[9] 根據最新研究成果考證，康有為前後進出新馬地區的次數高達七次。主要停留據點是新加坡和檳榔嶼。他分別在一九○○、一九○三、一九○四、一九○八、一九○九、一九一○、一九一一年多次停留，時間長短不一，停留時間最久的長達一年半以上。詳張克宏製作的年表，氏著《亡命天南的歲月：康有為在新馬》，（吉隆坡：華社研究中心，2006 年），頁 101。

> 天荒地老哀龍戰，去國離家又歲終。
>
> 起視北辰星暗暗，徒圖南溟夜濛濛。
>
> 亂雲遙接中原氣，黑浪驚回大海風。
>
> 腸斷胡琴歌變徵，怒濤竟夕打艨艟。[10]

他將流亡狀態以詩賦形，同時「記史」。從宮廷鬥爭聯想海天塌陷，海路所見都是聳動意象——天荒地老、星暗暗、夜濛濛、亂雲、黑浪，排山倒海的壓迫感，早已置個人於流亡的大潮。詩的氣勢磅礴，筆力驚人，鋪張典故寄寓複雜的中原想像。儘管去國離家久遠，帝國的流亡者並沒有偏離核心，「北辰星暗暗」和「南溟夜濛濛」清楚對照君臣之間的距離和處境。他的君國情感，塑造了獨特的流亡文化地理。

康有為流亡新馬寫作的漢詩，基本環繞在聖君與帝國之中。當清廷再次傳來「偽嗣之變」，令他心焦如焚，憂憤難耐。他的詩已是為「史」而抒情言志，詩題直言「君國身世，憂心慘慘，百感交集」。一個帝國的通緝犯，亡命之際竟百轉千迴的顧念聖上與國體，他的流亡已不純粹銘刻個體亂離，而投向集體的中國災難。

當他避居馬來半島的森美蘭和馬六甲兩州邊境的丹將敦島（Tanjung Tuan），在海邊拾木之際，依然展示了驚人的巨大歷史志向。

---

[10] 〈己亥十二月廿七日，偕梁鐵君、同富侄、湯覺頓赴星坡，漁舟除夕，聽西女鼓琴。時有偽嗣之變，震蕩余懷，君國身世，憂心慘慘，百感咸集〉，收入上海市文物保管委員會文獻研究部編，《萬木草堂詩集》(上海：上海人民，1996年)，頁112。相關詩作的引文均出自此版本。

斷木輪困棄海濱，波濤飄泊更嶙峋。

他時或作木居士，後萬千年尚有神。(〈丹將敦島拾古木甚嶙
峋，題詩其上〉，頁 121)

他從棄置的古木想像有朝一日可以刻成木頭偶像，在千萬年後供人
膜拜的神靈。這當中曝顯了他對功業與自我學說的不朽追求，甚至
隱含一種宗教性質的「教主」渴望。他十九歲鄉試落第，拜服孔聖，
發憤讀書之際，早有「以聖賢為必可期」[11]的抱負。民國以後宣揚
「尊孔」為立國精神，更直言「吾少嘗欲自為教主矣」[12]，強調要
在孔子之外自為教主的原始慾望，因無法攻破其學問轉而尊孔。亡
命之時，他的「教主」情懷，隱然牽動了他在南洋宣揚和發起的孔
教運動。

　　在此期間，康有為作為中國孔教運動創始者的光環，自然對南
洋的華人興學產生巨大效應。他在各地宣揚中華文化，鼓勵華僑興
學，卻成功推動新馬和印尼新式華人教育的誕生。這是南來知識份
子浪漫的詩學想像，也含有傳播孔教的使命與熱情。他們作為華人
文化教育的精神指導，建設了南洋早期華教的格局和規模。可以確

---

[11] 康有為雖皈依孔子學問，但躋身聖賢，成一家之言的雄心壯志已見：「於時
捧手受教，乃如旅人之得宿，盲者之睹明，乃洗心絕欲，一意皈依，以聖賢為
必可期，以群書為三十歲前必可盡讀，以一身為必能有立，以天下為必可為。」
康有為，《我史》(南京：江蘇人民，1999 年)，頁 6。

[12] 見〈參政院提議立國之精神議書後〉，收入康有為，《康有為全集》，第 10 集，
(北京：中國人民大學出版社，2007 年)，頁 206。

認的是，康有為親身參與了新加坡華人女子學校和馬來亞尊孔中學的設立，如同他在詩裡的激昂表述：「與君北灑堯台涕，剩我南題孔廟碑」[13]。因為戊戌出亡，讓他有了在南洋的建樹文教的機會。箇中悲涼的情調，藏有流亡心思，卻精確描述了華僑社會文化教育的現實。

另外，康有為有詩：

> 華夏文明剩竹枝，南洋風物被聲詩。
>
> 蠻花鴂鳥多佳處，恨少通才作總持。
>
> 中原大雅銷亡盡，流入天南得正聲。
>
> 試問詩騷選何作，屈原家父最芳馨。（節引〈題菽園孝廉《選詩圖》〉，頁 117）

他以南洋異域地景為竹枝詞的最佳素材，其實暗示了帝國崩毀，文化塌陷之際，詩的禮崩樂壞就是大雅銷亡。詩的正聲不在雅樂，而是國風的民間魅力。跨出境外的詩人，因此放逐天南，以民間歌謠形式重建詩的質感與動力。在他看來，屈原的放逐詩學，為流寓者漢詩寫作的整體精神貼上了標籤。康有為由「王者師」變成亡命逋臣，絕域反而形成詩的生產條件，他的感觸尤其深刻。因此他遊歷爪哇，就忍不住高歌：「中華士夫誰到此，我是開宗第一章」（〈遊

---

[13] 這首詩有康有為的小注：「君與仙根再三創孔廟學堂於南中，後余貽書陸祐卒成之，今為尊孔學堂」。這也是目前矗立吉隆坡的獨立中學「尊孔中學」的前身。該詩題為〈庚子正月二日避地星坡，菽園為東道主。二月廿六遷出他宅，於架上乃讀菽園所著贅談，全錄余《公車上書》，而加跋語，過承存嘆，滄桑易感，亡人多傷，得三絕句，示菽園並邱仙根〉其三，頁 115-116。

爪哇雜詠〉)。他有「史上第一人」的新奇與使命，顯然已自覺的意識到流亡背後具體的現代地理經驗，已非傳統的流放與避地可以比擬。

四、南洋風土：疆域、自然與地方感

一九〇七年常熟詩人楊雲史（1875-1941）出任新加坡領事館書記兼翻譯官，前後四年餘，寫作的詩詞近二百首，著有《江山萬里樓詩詞鈔》（1926）。他取南溟為主題，以紀史姿態表現南洋華人移民和拓荒事蹟，尤其深入觀察和議論中國與西方殖民勢力在南洋地域的消長，開啟南洋漢詩的外交視域和地緣政治的書寫。其中〈哀南溟〉成詩於辛亥交替，有其政治現實脈絡。端看詩題，已清楚標榜詩人旨在建構自己的南溟視域，非一般客愁。尤其長序為我們鋪陳南海移動路徑的移民史脈絡，強調對南洋的哀嘆，是中華帝國錯失對南洋佈局的先機。

> 初不知樓船橫海，宰割鯨鯢，四百年中執南荒牛耳者，大有偉人在，徒以海禁未開，有司目為海盜，不以上聞，謂珠崖為可棄，等夜郎於化外，聽其自興自滅。至今日而臥榻之側，龍盤虎踞，時機之失，可勝追哉？（頁67）

序裡不忘羅列華人移民在各地的豐功偉業，甚至哀嘆無人傳頌、史籍不載的窘況。

> 我人之割據稱雄，我海外霸權者，已非一人一日。其人類皆豪傑，不得志於中國，乃亡命入海，卒能驅策異族，南面稱孤，不亦壯哉？獨其振臂孤往，無所憑藉，但奮其筋骨血汗，

> 縱橫於大海之中，不知其幾費經營，成厥偉業，至今日而無
> 人能言之矣。良可慨夫！（頁 68）

從今天的眼光來看，詩序的史觀既保守，又微妙。而詩句的回應，
以紀史兼抒情的風格，進一步點評出南溟風土的內景，鋪陳華人稱
王、征服、拓荒的歷史，帶有幾分豪情壯志的重建南洋史觀：

> 其間稱王十餘傳，或數十年或百年。一二故事但口述，考之
> 文字殊茫然。當時百蠻皆懾服，或以兵力或以賢。洪氏葉氏
> 為最盛，洪武以後嘉道前。其人類皆雄俊悲不遇，掉頭入海
> 不回顧。……伏波銅鼓征南服，渡瀘深入文身俗。但聞地角
> 有干戈，不知天上何年月？南荒阡陌起人煙，斬棘披荊不計
> 年。大澤雲深驅象陣，春山日暖種桑田。（頁 69）

全詩透露出帝國末代外交官吏的憂患，他藉由中國跟南洋交流往返
的歷史，重估詩對「疆域」的思辨和回應。儘管楊雲史竭力以序、詩
拉開帝國中心的南洋視景，但箇中無以迴避的「危機」和「鄉愁」，
說明朝貢體系的瓦解，失去了界定夷夏秩序與疆域的立足點。他大
肆著墨南洋華人殖民史，張揚民族主義立場，不也同時凸顯「中國」
遭遇世界，必然要調整與周邊國家的關係策略。因而中國在南洋各
地添設領事館，為詩人的南溟視域下了最好的註解。

　　與此同時，楊雲史卻有大量以唐詩意境突顯南洋自然「景觀」
（landscape）的詩篇，以雅趣、閒情、幽興經營斷片、碎片狀的南溟
地方感，清麗詩語砌成的自然細節，撞擊和稀釋了〈哀南溟〉的焦
慮。這可視為另一種的詩學「轉譯」策略，替楊雲史處身南洋的「感
覺結構」，補上疆域與自然的辯證。其中〈西溪行〉，仿照王維〈桃源

行〉寫作，以「桃花源」意象寫作自己遊歷馬來半島柔佛州深山大澤，巧遇華人農民的經驗。

> ……爭問中原今何世，乍聞戰伐共長嗟。此間歲月前朝歷，不知治亂幾更易。自言避世隔人寰，海上田園無消息。相逢世外兩無心，何如從此宿雲林？……先人世世為農父，山中子孫今無數。外邊呼作武陵溪，居人不識桃源路。送客含情問後期，重來莫自迷津渡。平明日出照山村，開門滿地榕花雨。（頁54-55）

楊雲史對華人遷徙南來生發的浪漫想像，顯然是一幅寓言式的自然景觀。詩裡勾勒的避禍移居、扎根落戶、世代繁衍，句句緊扣離散華人世襲的生活狀態。但「迷津渡」和「榕花雨」以桃花源意境收束，則是回到傳統主導性的美學化風土。當離散華人縮影為山林農父，詩人成了探幽窺奇的武陵人，迷離虛幻的詩學操作，將華人移民社會昇華為審美對象，抽空了〈哀南溟〉裡「數著殘棋猶未了，風生日落更無人」的落寞神傷。換言之，桃源的舊詩學系統試著重新界定南溟疆域下的移民群體，風土在一套詩語言的適應和馴化過程，確立了「居人不識桃源路」，蒼然世外，悠然相忘的自然風景。

　　相對短期過境或流寓的文人，以「星洲寓公」自詡而終老於新加坡的邱菽園（1874-1941），一生為馬華文學留下一千餘首詩作。他有「南僑詩宗」之譽[14]，也是康有為、丘逢甲眼中最具才華的南來

---

[14] 程光裕，〈南僑詩宗丘菽園〉，《星馬華僑中之傑出人物》（台北：華岡出版有限公司，1977年），頁89-123。

詩人，前後出版了兩部詩集《嘯虹生詩鈔》（1922）、《邱菽園居士詩集》（1949）。一八九六年二十三歲的邱菽園移居星洲繼承父親龐大遺產，投入當地文教建設和鼓吹風雅。他創辦麗澤社，提供和鼓勵了當地文士才人進行文藝創作和投稿的機會，開啟他在當地的影響力。當時麗澤社在報刊公開徵稿的星洲雜詠詩題，就有「星洲竹枝詞」、「粵謳題」[15]。在星洲雜錄部分，不限散文駢體詩詞，題目都跟當地生活場景相關如「打球場、旗旗山、博物院、自來水匯、公家花園」[16]等。以民間歌謠和竹枝詞形式，擷取當地題材，邱在南來初期已建立自己的在地視域和眼光。值得注意的是，他以馬來語和英語入詩寫作的「星洲竹枝詞」，不是實踐詩界革命強調的「新語言」，而是南來文人以舊詩形式貼近當地語言的文學戲仿，透過詩語的轉換和轉譯，遊走文／體的疆界，形塑竹枝詞的在地趣味與地方感。

　　　馬干馬莫聚餐豪，馬里馬寅任樂陶。

　　　幸勿酒狂喧馬己，何妨三馬吃同槽。

　　　（馬干：makan 吃；馬莫；mabok 醉酒；馬里：mari 來；馬

　　　寅：main 遊戲；馬己：maki 辱罵；三馬：sama 一起）[17]

此外，他創辦《天南新報》（1898-1905）、承頂《振南日報》（後易名《振南報》）（1913-1920）參與中國境內的政治議題，接濟政治流亡者康有為、容閎、梁啟超等，資助庚子勤王。同時聯繫當地土生華

---

[15] 〈麗澤社十二月課題〉，《星報》1898 年 1 月 5 日。

[16] 〈樂群文社冬季題目〉，《星報》1897 年 12 月 15 日。

[17] 李慶年編，《南洋竹枝詞匯編》（新加坡：今古書畫店，2012），頁 180。

人開辦女子學堂，推動新馬地區的孔教運動。邱菽園以文人品味及文化資本積累而成的文學空間，最大的意義在於建構了一個中國、台灣、香港與南洋區域之間的漢詩人交遊的網絡。他透過宴飲酬唱、詩文互通的疊錯網絡，呈現文人在新舊交替的時代感受。尤其他意識到南洋乃絕域炎荒：「……不堪荒服外，猶自滯歸程。採訪存民俗，知交惜死生……」[18]。因此邱菽園主導的文學實踐，或建立的文學場，不應只視作個人事業。他收集和出版流寓文人作品，藉由公共資源，召喚和描繪一個離散的文學想像，為大時代中短暫易逝的流離感受，以及境外漢詩的生產環境，保留一個南方的文學譜系。

　　邱菽園詩集裡留有不少以「星洲」命名的詩篇。[19]他著眼南洋地域的生存感覺，寫作風月紀聞、異族婦女的習俗，帶有文人風流雅趣。除了寫作官能風土的遊戲之作，他也特別雜揉南遷歷史脈絡，為星洲找到自身的書寫位置，突顯出他不同於一般流寓者的眼光。然而更能具體展示漢詩的境外生成意識，還是詩人投入書寫亂離體驗與異地生存的種種文化衝擊和在地生活的關懷。邱菽園曾以清麗淡雅筆觸描寫移居者落地生根的現實情境，無形之中延續了黃遵憲早期「遷流或百年」（〈新嘉坡雜詩十二首〉）的觀察，並進一步從自己的華商身份出發，體驗他鄉遇故知的共鳴。這不但豐富了離散漢詩的鄉土感覺，也拓展流寓者漢詩創作的基本關懷。。

---

[18] 丘菽園〈寄酬邱仙根四首〉，收入邱煒菱（菽園），《菽園詩集》（台北：文海出版社，1977年），頁51-52。

[19] 這樣的詩篇不少，如〈新嘉坡地圖〉、〈星洲〉、〈星洲紀遇〉、〈星洲謠〉、〈星島〉、〈星洲晚眺〉等。

舊雨椰風外，連岡橡葉青。

相逢盡華商，移植到南溟。

鄉土音無改，人間世幾經。

安閒牛背笛，吹出自家聽。(〈移植〉[20])

造林增野闢，築壩利車行。

榛莽卅年易，芳菲百里平。

山低無颶患，舟集有潮生。

烽火驚鄉夢，僑民漸學耕。(〈島上感事四首〉之一)[21]

透過邱菽園深入觀察南洋地理的人文風貌變遷，漢詩呈現出南洋從炎荒之地，變為建設有成的移民社會。只是末聯一句「烽火驚鄉夢」，讓讀者看到詩人隱藏的情緒張力。移民城市景觀的變化，對照原鄉喪亂動盪。移居者所把握在地感，凸顯在現實的「僑民漸學耕」。他們成了回不了故鄉的廣義遺民，只好在異地重建自身的文化教養。對照前一首的詩題〈移植〉，人的遷徙其實是根的移植。詩的言外之意似在強調：他鄉重逢不是偶然，而是新生活的開始。邱菽園的觀察顯然透徹，這些張揚南洋地方意義和特質的漢詩面目，已非一般流寓者的獵奇目光。所謂詩的地方色彩，在邱菽園身上已深化為在地生活感。

本文檢視十九末至廿世紀初期的馬華離散詩學，透過重要個案的簡要描述，勾勒出新馬漢詩發展的基本譜系，並試圖從南來與南

---

[20] 〈移植〉，收入邱煒萲（菽園），《菽園詩集》，頁 428-429。

[21] 〈島上感事四首〉第一首，收入邱煒萲（菽園），《菽園詩集》，頁 424。

遷的歷史情境，解析南來在漢文學播遷的視域內，凸顯的文化想像
和文學地理，並重新思考馬華文學史置於於離散詩學的可能意義，
藉此凸顯馬華古典文學在東亞漢詩與漢文學系統內的重要位置。我
們透過探究南來漢詩的生產，見證了馬華文學史流動的可能，並為
馬華本土性的探勘提供一個歷史縱深的參照。而十九世紀末為起點
的馬華離散詩學，理應是我們重新認識馬華文學史的重要開始。

✝ 本文原收入高嘉謙、鄭毓瑜主編《從摩羅到諾貝爾：文學・經典・現
代意識》（台北，麥田出版公司，2014），頁 318-337。

邱菽園與新馬文學史現場

一、回到文學史現場[1]

　　自一八六〇年以降，英屬殖民地的新加坡成為大規模中國移民的對象。流寓此地的華人，除了以「豬仔」方式成批而來的華工，更有為數不少的商人與自由移民。而晚清帝國自一八七七年起設置領事，往返的官吏可被視為「中國經驗」的「知識階層」進駐的開始。爾後種種官員的路過停留，文人的遊歷、革命義士的流亡與駐紮為海外基地，都明顯隨著移民空間的深度介入，而由初期的開墾與經濟活動，逐漸擴展為教育與文化的社會建設，儼然標誌了中國海外

---

[1] 本文取用「新馬文學史」主要著眼於「地域」觀念，其實質內涵無異於學界慣用的「馬華文學」（戰前）。這樣的權宜用法是要凸顯新加坡作為馬華文學書寫之根據地的「戰略意義」，同時邱菽園與馬華文學史的關係網絡也主要建立於新加坡。

一個「新興」的政治與文化空間。

　　新加坡由早期的元代《島夷誌略》記為單馬錫（後譯作淡馬錫），到明代《鄭和航海圖》標誌其地理座標，此一赤道上的海島早已進入中國的視域[2]。然而，這當中的記載大都以風土民情為其採集側錄重點，大有窺探「異國情調」之意蘊，僅僅是人類學或民俗學的資料庫儲備。直到晚清官方領事的進駐，以知識菁英為標誌的中國經驗開始介入這一塊英國殖民的小島。這群知識分子的南來與流動的往返，對應於大量的勞動與商業移民，以及土生華人社群，勢必整合「在地知識」（local knowledge）形構為更大的經驗結構。於是，「中國經驗」的特質顯然往南洋的場景敞開，種種官方出巡、政治流亡、離鄉背井所指稱的流動意涵，在地理時空的位移當中除卻史料與人類學的意義，卻另有值得觀察的文化與文學的轉折及想像。一八八一年中國直接派遣的領事左秉隆到任，創辦了以教化為目的的「會賢社」，同時留下了為數不少狀寫新加坡風土文物的詩篇，經後人集結為《勤勉堂詩鈔》一冊。一八九一年到任的黃遵憲將「會賢社」改為「圖南社」，更以辦「文學獎」的方式，每月於《叻報》刊出題目，「初一出題，初十截卷，二十日放榜」，名列一二等者可領十圓獎賞，且不限《叻報》同仁報考。端看一八九一年一月一日的出題，在文章方面有〈問胡椒甘蜜近年價值驟減其故如何有何法可以挽救其詳

---

[2]　關於「單馬錫」之前的新加坡古名與中國典籍的對應關係，向來都有爭議，故不予討論。詳陳育崧，〈一八一九年以前的新加坡〉，收入氏著《椰陰館文存》（第一卷）（新加坡：南洋學會，1983），頁47-65。

陳之〉、〈擬新嘉坡捐建同濟醫院敘〉，詩方面則是〈新嘉坡海隄望月
感懷〉。[3]這明顯可見中國傳統士大夫入試的詩文格局，文以議論見
長，詩以抒情為主。換言之，圖南社除可視為刺激文風的文藝沙龍，
還保有中國傳統書院的特質，作為流寓此地的文人應試的象徵性轉
換模式。誠如「圖南」社名取自莊子大鵬南飛的典故[4]，期勉社員
大興文風，開啟南國的文學天地。一八九四年黃遵憲任滿回國，同
年邱菽園及黃乃裳鄉試中舉，而更大的背景是甲午戰爭爆發。邱氏
與黃氏乃後來在新加坡與砂勞越扮演舉足輕重角色的人物。這當中
尤其以一八七四年出生於福建海澄，受教於廣東、澳門，八歲南來，
一八八八年返鄉唸書應試，一八九六年始定居新加坡的邱菽園最值
得重視。在大時代劇烈變動的近代中國，知識分子的流動經驗顯然
別有意味。邱菽園父親邱篤信作為在新加坡發跡的富商，在移民社
會中以上流階層的經濟優勢在大陸家鄉買官鬻爵，讓兒子完成傳統
士大夫的教育養成及科舉功名。邱菽園上京應試，途經上海，所見
所聞都是康有為、梁啟超、丘逢甲等知識分子的反清政府與抗日行
動。後來短期居住香港出書，一八九六年父親身故後繼承大批遺產
開始了他在移民社會的名士生涯。

　　綜觀其流寓多地的經驗，交遊與見識塑造了大時代背景下知識
分子獨特的精神特質。邱菽園位處新加坡移民社會的上流階級，與
其交際往來除了維新知識分子，更有當地土生華人的林文慶、宋旺

---

[3]　見〈南社學規〉、〈南社臘月課題〉，《叻報》（1891 年 1 月 1 日）。

[4]　見〈圖南社序〉，《叻報》（1891 年 1 月 1 日）。

相等人。自身完整的士大夫教育養成，及當地友人的西學中介，累積為獨特的文化資本。於是，資助、響應維新運動與接待這些知識分子來新，政治行為的背後隱含著國族想像，同時經由他們的詩文酬唱，知識分子的流動經驗指涉了文化仲介，顯然是另類強勢的文化入侵。邱菽園以東道主的身分，周旋於這些近代著名的文人之間，所營造的文化氛圍完成了精緻文化的移轉。爾後邱菽園具體繼承黃遵憲等遺留的文社傳統，創立「麗澤」社，主持「會吟」社，組織另一批的文藝沙龍，同時更仿照晚清文人辦報以議政的精神，創辦了《天南新報》（1898-1905）與承頂《振南日報》（後易名《振南報》，1913-1920）。對於教育方面更投入當地儒學運動，開辦女學。這種種近代中國知識分子的作為，似乎都集中體現於邱菽園身上。雄厚的財力、文人的交遊、進步的思想、西學的認知、在地的人脈與社會位階，邱菽園典型呈現了知識分子隨著時空的位移，流動的國族想像與文化轉移。放到更大的脈絡，近代中國知識分子的珍貴海外經驗，體現了晚清以降大規模移民的離散經驗的文化觀察，卻也勾勒出近代中國思想的轉型與文學活動發生的宏觀場景。

　　必須指出的是，新加坡位居東西要衝，為東西海路必經之地，更是「中國經驗」跨出境外的重要據點。於是邱菽園在新加坡成了一個「中國經驗」進駐新加坡的有趣個案。從文化與文學的視角觀察，邱菽園個案既不在主流的中國文學史視域，卻又在新馬文學史論述中以「中國支流」的舊文學簡要概括。於是，本文的觀察主要從文學與文化的層面入手，以期補強長期以來受限於「中國經驗」所建構的近代思想史與文學史的書寫（不論是中國文學史或新馬文

學史），同時更是重構近代中國重要或被忽視的知識分子的海外經驗，從而展示近代中國走向世界的「現場」[5]。此一「現場」卻也弔詭的成為新馬文學史的「現場」。

一八九八年當邱菽園以優美的筆觸狀寫眼前的新加坡：

> 每當夕陽西匿，明月未升，隔岸帆檣，滿山樓閣，忽而繁鐙偏綴，芒射於波光樹影間者，繚曲迴環、蜿蜒綿互，殆不可以數計。及與馳孔道、駕輕車，則又燈火萬家，平原十里與頃者相薄激，明月為之韜采，牛斗為之斂芒。若是者，街鼓統如，東方發白，猶未闌也。[6]

更進而以「星洲」名之，以「星洲寓公」自詡，創作了〈星洲紀遇〉廿二首（《嘯虹生詩鈔》）、〈新嘉坡地圖〉、〈星洲〉（《菽園詩集》初編卷一）、等等將新加坡對象化的舊體詩，一頁文學史的場景於焉展開。

雖然論者普遍以為「星洲」一詞始於邱菽園首創。但陳育崧早已指出，左秉隆在 1887 年〈遊廖埠〉詩句：「乘興不知行遠近，又看漁火照星洲」。「星洲」之名已見[7]。但問題的焦點並不在「星洲」名稱的創設。從左秉隆詩句下的「星洲」到邱菽園大量筆記文章、詩

---

[5] 關於晚清人物跨出中國境域，走向世界的「現場」，夏曉虹教授的近作《返回現場：晚清人物尋蹤》（南昌：江西教育，2002）做了相關實地查訪與歷史記憶的重建。而本文強調之「現場」除了是行動者遺落足跡的現場，同時也是文學史寫作上的現場。一個知識份子的經驗場景。

[6] 邱菽園，《五百石洞天揮麈》（卷一），頁 24-25。

[7] 陳育崧先生的說法，見注 2 前揭文，頁 64。

筆下的「星洲」，近二十年的文學歷程意味著什麼樣的文學場景？左秉隆、黃遵憲以官吏兼文人創立文社，所激盪的文風到了邱菽園的接棒顯然有了不一樣的格局。這裡的關鍵在於以邱菽園為中心的流寓詩人群體。從丘逢甲、康有為、梁啟超、許南英、潘飛聲等人跟邱菽園的詩文往來，且都曾短暫落腳於新加坡；這一批身在文化核心地帶，卻又分佈大陸、港、台三地的文人跟位處相對邊緣的新加坡的邱菽園有了文學對話。更為準確的說法，邱菽園繼承與移植了一套精緻的文學思想與表述模式。無論「中體西用」的時代精神，俠骨柔情的舊體詩格局；作為文化資本的積累，邱菽園個人詩文的美學成就，抑或中介了流寓詩人群體的光環，在在使得這批舊文學遺產過渡到「星洲」都有了異樣的思想光彩。對象化後的星洲，或以「在地知識」對象化後的舊文學，其實在以邱菽園為中介的這一批流寓詩人眼中，不是沒有敏銳的體認。只是新馬文學史的論述急於接續五四傳統的大旗，磨刀霍霍的將新舊一刀兩斷。於是，馬華「新」文學史仿如空降，漏失了史學與文化的場景，一個大寫的近代史場景。換言之，文學史沒有了「現場」，一個可謂之為起源的「現場」。

　　回頭檢視長期以來新馬文學史的論述，甚有建樹的方修與楊松年其實完成了許多基礎工作。然而，必須指出的是他們眼中的「馬華新文學」，完全奠基於語體變革後的白話文選擇，以接上更大的五四文學運動，賦予整個馬華新文學史生成的合法性，甚至是「起源」的語境。論述的標準指出了處於馬華文學史拓荒時代的方修等人急於建立框架，五四運動作為「新」文學起源的巨大迷思自然成了現成的參照系。於是，方修具體性的思維也就從凡例入手，發掘出「一

九一九年十月初新加坡《新國民日報》及其副刊《新國民雜誌》的創刊，可以視為馬華新文學史的起點」[8]。換句話說，這距離同年的五四運動不太遠的時刻，賦予了馬華新文學「起源」的正當性。這幾乎「同步」的發展時期，也標示出其架構下的兩大根基：語體之「新」，即馬華文學形式之「新」，主體性之「新」，即地域文學特色。換言之，五四文學發生論的意義，彰顯了馬華文學單位的形構。同時點出了馬華文學在意識型態與創作精神上繼往開來的意義。

　　作為學科建制的文學史寫作，方修為馬華文學建立單位，釐清起源，其用心可想而知。但其過早完備文學史「起源」的框架，封閉可能貫通的論述，卻促使了其接續者楊松年等人只能「照著講」。綜觀近年出版的新馬文學史的著作，黃萬華的《新馬百年華文小說史》及標誌中國南來作者研究的郭惠芬《中國南來作者與新馬華文文學》都不一而同選擇了一九一九年的起點。甚至近日才出版的黃孟文與大陸學者合撰的《新加坡華文文學史初稿》[9]仍不脫此框架。

　　相對馬華新文學的建構，方修對舊文學的處理顯然可以用一句話概括：「中國文學的一個支流，或者中國文學的一個增版──南洋

---

[8]　方修，〈馬華新文學簡說〉，收入氏著《新馬文學史論集》（香港：三聯，1986），頁12。

[9]　上文提到的三部文學史著作，出版分別如下：黃萬華，《新馬百年華文小說史》（濟南：山東教育，1999）。郭惠芬，《中國南來作者與新馬華文文學》（廈門：廈門大學，1999）。黃孟文等，《新加坡華文文學史初稿》（新加坡：新加坡國立大學中文系，2002）。

版」[10]。這對舊文學精神的整體觀察，凸顯了以單位之學入手的「馬華新文學」必須重新概念化。因而，地域色彩與精神成為確認主體性的標準。對此李慶年卻有了不平之鳴：「在『以馬來亞地區為主體』這個問題上，馬華舊文學與新文學是有著一致性的」[11]。在李慶年這部可被視為舊文學論述的扛鼎之作的《馬來亞華人舊體詩演進史》當中，整理與羅列的大量材料印證了這點。換言之，李慶年的觀察與處理，觸及到了中國文學的「入鄉隨俗」，或是經驗表述的轉型。令人相當意外的，這重新詮釋了方修所體認的「中國文學」的「南洋版」。它指陳了中國文學地域化的可能際遇。於是，楊松年的文學史論述則補充了另一個切面：僑民意識濃厚的時期[12]。同時以「流浪意識」試圖補足馬華新文學史所漏失的精神結構[13]。但問題不僅僅是「流浪意識」題材的處理，那恐怕是形式意義下更大的經驗表述方式的轉型。言下之意，重新概念化的「馬華新文學」首要面對的是更大的文學遺產：舊文學。也就是在「新文學」未興，「舊文學」不舊的轉折時刻，如何命名「中國文學」的「南洋」遭遇，值得重新思考。更重要的是，一個大場景引領著公共領域的生成（報社、文

---

[10] 方修，〈中國文學對馬華文學的影響〉，收入氏著《新馬文學史論集》（香港：三聯，1986），頁 40。

[11] 李慶年，《馬來亞華人舊體詩演進史》（上海：上海古籍，1998），頁 2。

[12] 楊松年，《戰前新馬文學本地意識的形成與發展》（新加坡：新加坡國立大學中文系，2001），頁 19-31。

[13] 楊松年，〈早期星馬作者的流浪意識〉，收入楊松年、王慷鼎編《東南亞華人文學與文化》（新加坡：新加坡亞洲研究學會，1995），頁 77-108。

社、會館等），這攸關流寓經驗的轉型與美學意識型態替換。那一個大場景，即「晚清」。著眼於五四的「新」，卻不該忽視晚清的「變」。近代中國走向世界，尤其走向南洋的此刻，遭遇中國文學的新加坡也許不盡是馬華文學的唯一起點，卻是重要的「現場」，文學史的現場。

二、文人品味與流寓經驗

以「星洲寓公」自稱的邱菽園，其文名盛行於馬華舊文學，除了作為近代中國重要詩人群體的引路人與仲介者，同時也是文化公共領域的推手（主持文社與辦報）。但另外一個值得關注的焦點，則是其量與質甚為平均的詩文與筆記體札記。回顧康有為對其文才的肯定與讚賞：「其天才之俊逸與時事之遷移合而成之」[14]。言下之意，倒精確指出了流寓文人的精神結構。文人的才華總是敏銳於捕捉巨大的經驗轉折，尤其流動的身世更易於貼近主體的經驗存在。不論是康有為自己，還是揄揚邱菽園與其齊名的黃遵憲，又或稱許邱菽園「直從海上開一詩世界」[15]的丘逢甲，以及眾多的近代中國流寓文人群體，在在都從筆下詩文體現出「同質異構」的精神世界。那是主體位移中的目光轉換，也是時代經驗下一種文化身分與自身存

---

[14] 康有為，〈丘菽園詩集序〉。此乃為邱菽園《嘯虹生詩鈔》所作序文。轉引自朱傑勤，〈星洲詩人邱菽園〉，《亞洲文化》第七期（1986 年 4 月），頁 19。
[15] 丘逢甲，〈致丘菽園書〉，《天南新報》（1898 年 6 月 9 日）。又見廣東丘逢甲研究會編《丘逢甲集》（長沙：岳麓書社，2001），頁 757。

有的安頓與危機。簡言之，那是生命主體在「域外」的迷人想像世界。

　　自一八九六開始修訂，一八九七年邱菽園的《菽園贅談》七卷在香港出版。這是部顯見其文人趣味的重要作品。而一八九八年完稿，一八九九年出版於廣州的十二卷本《五百石洞天揮麈》則是另一部與晚清詩人對話的談詩論學著作。兩部作品都是筆記體札記，無論人事勾沉、敘說掌故、議論時政、生活事蹟的回顧、甚至還收錄文友詩詞作品。顯然這是內容極為龐雜的「合集」。但其中值得留意的，還是那些有著文論性質的說詩論學文章。回顧邱菽園自十五歲返鄉應試開始的流動經驗，這分屬兩地出版的作品在某個程度上反映出邱菽園在時代變動下的識見與姿態。

　　《菽園贅談》七卷的文章，其中有兩個有趣的側面。一個是「風月之談」、「閒情偶寄」的癖好文章，另一部份則是「品評小說」的時尚風氣。兩者集於邱菽園筆下，倒顯示出近代中國文人的名士風采與進步意識。往往兩者之間還形成有趣的張力。回顧種種「風月」、「閒情」的文章來看，康有為等人提倡禁纏足的運動之際，邱菽園筆下的〈纏足考〉卻是羅列詩詞典故，而〈天然足〉在肯定不纏足美之餘，更賞玩各國女子之足，甚至做了如下判斷：「南洋群島，環如列星，其俗土人。雖皆白足，姿首黎黑，無足可觀，姑置勿論」。至於典故的解說，也有〈破瓜解〉、〈梳頭篇〉、〈再嫁〉、〈弟婦〉、〈傍妻〉等。當然少不了的還是記敘妓女的文章，如〈小青〉、〈弔馬湘蘭〉等。此等文章皆風情萬種，還節錄收於國學扶輪社出版的《香

豔叢書》[16]。然而更大的資料庫卻是那些被其後人整理詩集時過濾掉的「豔詩」。有心人如邱新民先生則有緣見到邱菽園遺物，整理出「豔詩目錄輯」二〇四首。同時提醒這批豔詩的價值「幾乎都是寫當時風月場中，以及民間風情及舞蹈的實錄，是治風俗文化的第一手資料」[17]。對照於其響應晚清志士革命運動的政治行為，這一批風月文章與豔詩其實完成了某種過渡與再現。它反映出近代中國知識分子「俠骨柔情」生命情調的轉移，隨著文人的流寓經驗，一個龐大的抒情模式「進駐」於南洋。這訴諸於豔詩豔文的抒情，應視之為近代中國文人獨特的經驗表述。這不單止延續了傳統資源，更有時空經驗下的實踐意義。晚清民國時期的南社諸子是典型的案例。但邱菽園的獨特之處，在於他以百萬家財成就了南社諸子所辦不到的事。在相對邊陲的新加坡，他辦報，興女學，編寫《新千字文》，儼然儒者。同時接濟維新黨人與文友，議論時政又彷如政治與文學的行動家。換言之，身處「域外」的他，成功移植了近代「中國經驗」。從憂患世局、救亡圖存到「俠骨柔情」的抒情模式，那可表述生命與詩文的文學遺產。而其再現的方式，可經由兩則有著「現場」意義的排場看出端倪。

　　一九〇〇年二月二日，康有為在中英當局為難的困窘情境下[18]，

---

[16]　蟲天子輯，《香豔叢書》二十集（上海：國學扶輪社，1909-1911）。

[17]　有關引文及「豔詩目錄」均見於邱新民，《邱菽園生平》（新加坡：勝友書局，1993），頁 36-39。

[18]　有關康有為在新加坡的際遇，請參李元瑾，〈康有為在新加坡的處境〉，《亞洲文化》第七期（1986 年 4 月），頁 3-18。

受到邱菽園的接應而到新加坡。無論作為今文經學大師、詩人、維新領袖，康有為都是巨型的文化資本。而邱菽園創辦的《天南新報》在維護康有為的完美形象之餘，等於是另一種的文化建制。言下之意，新加坡有了一套與「中國經驗」對話的國族想像機制。這套國族想像本源於政治意圖，但落實於文人階層卻輕易轉換為經驗表述。從左、黃二位領事創導的文社，到邱菽園接續的「麗澤」，甚至轉型為「重實學」的「樂群文社」，都直接說明了文學教化漸趨接軌上國族的現代機制的現實情境。承接而來的傳統文人習性，所設置的美學品味卻是牢固的抒情結構。處在大變動的流寓經驗當中，文人選擇穩定的抒情位置與國族對話。這即可去除文化身分的危機，也安頓傳統美學的教養。舊體詩作為流寓文學的大宗，那是一個自足的文學場，標誌了其文化印記。藉由邱菽園的中介，康有為帶出了重要的「現場」。

　　另一個「現場」，則是相傳邱菽園在南洋的名士風流。一九二〇年代梁紹文在其《南洋旅行漫記》中留下了一段邱菽園的記聞：

> 凡是廣東文人到南洋探他，必送五百元為路費……有一次他生辰，盡將新架坡各種各式的娼妓——廣東的，福建的，本地的，日本的——招請得來，每人叩一個響頭就給她拾元的鈔票一張……宴敘朋友，座中有人要食水煙，剛剛沒有紙條燃燒，他事急生智，忙將身上拾圓伍圓的鈔票摸下來，摺疊成捲，向煙燈上點起來……[19]

---

[19] 梁紹文，《南洋旅行漫記》（上海：中華書局，1924），頁51。

　　不管這段記聞的虛實真假如何，邱菽園一八九六年繼承百萬遺
產，一九〇七年則散盡家財，其揮霍無度與奢華生活相信有所根據。
這般事蹟儘管顯露暴發戶的氣焰，但也設定為一種文人階級的品味。
古代詩人遊山玩水攜家帶眷百人往往是名士氣，邱菽園的宴客派地
也可相比擬。作為南方文壇一霸，邱菽園有所意識與企圖心。他將
自己比作「陸機入洛」、「韓愈入潮」，期許「一洗窮荒之風氣」[20]。
故而，文人習性在雄厚財勢支撐下，有了更大的揮灑空間。從文社、
辦報到興學，三者連結起來凸顯了強大的文學實踐力。尤其當文學
攸關教化，以及經驗結構的表述與安頓，流寓的文學行動者自然加
諸於文學更多的文化與社會道義責任。

　　於是邱菽園的名士氣化為文化資本的積累，上接近代中國知識
分子的習性，下啟星洲的文人階級與品味。換句話說，邱菽園轉換
了知識分子的「感時憂國」而為文人身分注記與文學實踐性格。邱
菽園作為近代中國有趣的海外文人個案，正在於名士風流背後強大
的行動力。時代使命與風月情趣作為邱菽園的一體兩面，見證了「俠
骨柔情」作為一種文學精神與姿態，其實是一種可以對應外在卻也
安頓內在的實踐模式。名士風流的「現場」，背後隱含著文人即儒者
的身分轉換。試觀丘逢甲在《菽園贅談》的序文中留下的期勉之話：
「欲治眾『贅』，道在自強；欲圖自強，道在求實……准古酌今，議
政於朝，論道于學，貴無游談焉，無虛談焉」[21]。文學擔負的道義

---

[20]　邱菽園，〈星洲麗澤社記〉，《五百石洞天揮麈》（卷三），頁15。

[21]　丘逢甲，〈菽園贅談序〉，見注15前揭書，頁765。

已見諸知識分子的使命。

　　關於邱菽園閱讀小說的經驗，《菽園贅談》其實留有不少的心得筆記。從〈小說閒評〉七則、〈續小說閒評〉廿二則、〈金聖嘆批小說說〉十則、〈說部不必妄續〉等作品來看，邱菽園的閱讀品味既有古典名著如《紅樓夢》、《水滸傳》等，也不吝點評《花月痕》、《諧鐸》、《西青散記》等雅俗共賞的作品。在近代中國小說變革的大背景下，流風所及，邱菽園的閱讀趣味旁及小說並不稀奇。但由其品評小說的觀點，卻提醒了我們關注其對說部的變革所展現時代敏感度與識見。一八九七年嚴復、夏曾佑聯合發表的〈本館附印說部緣起〉[22]為傳統說部可能發生的權力位移埋下了伏筆。「且聞歐、美、東瀛，其開化之時，往往得小說之助」短短數語，卻預告了說部傳統的改頭換面粉墨登場的好戲開演。說部的被期待並非事出偶然。同年梁啟超刊載於《時務報》的〈變法通義·論學校五·幼學〉[23]對於說部的功能早有一個確切的概括：

　　　　上之可以借闡聖教，下之可以雜述史事，近之可以激發國恥，

　　　　遠之可以旁及夷情，乃至宦途醜態，試場惡趣，鴉片頑癖，

　　　　纏足虐刑，皆可窮極異形，振屬末俗，其為補益，豈有量耶。

　　這番見解，道盡了說部傳統深入民間，吸引讀者的內在魅力，

---

[22] 幾道、別士，〈本館附印說部緣起〉，《國聞報》，（1897 年 10 月 16 日～11 月 18 日）。又見陳平原、夏曉紅編，《二十世紀中國小說理論資料（第一卷）1897-1916》，（北京：北京大學出版社，1997 年），頁 17-27。

[23] 梁啟超，〈變法通義·論幼學〉，《時務報》，（第八冊，1897）。又見梁啟超，《梁啟超全集》，（北京：北京出版社，1999），頁 39。

卻又不脫實務意義的宣傳功能。相對於嚴復、梁啟超等人見識，邱
菽園在同年刊行的〈金聖嘆批小說說〉[24]也做了相似的觀察：「小說
言縱俚質，然為中人以下說法，使之家喻戶曉，非小說不行，詩書
六藝之外，所不可少者，其惟小說乎」。更進而提出「天地間有那一
種文字，便有那一種評贊……小說而有批評，傳奇而標讀法」。從說
部而及評點，邱菽園對小說之體貼反倒是文學範疇的觀察，相較嚴、
梁等人著眼於實務性的權力運作，其美學品味卻預見了時代的變革。
在邱菽園小說經驗的背後，卻有一個與其相交的晚清小說家網絡，
諸如李伯元、吳趼人、林紓、曾樸等人，也許對其小說品味之養成
皆有關鍵性的意義。從詩教傳統轉眼於說部文類，邱菽園意識到的
是一種相應於經驗轉折下的文類轉換。一如梁啟超，邱菽園也企圖
藉小說介入時局，尤其是在戊戌政變後大變動。（見康有為〈聞菽園
居士欲為政變說部，詩以速之〉）而邱菽園最終也在香港發表了兩篇
小說《兩歲星》和《新小說品》。除此還評註了翻譯小說《李覺出身
傳》[25]。

　　這種種攸關小說的文學實踐，放在近代小說變革的意義上，顯
而易見其共享著經驗結構轉變下表述格式應變的需求[26]。加上個人

---

[24] 邱菽園，〈金聖嘆批小說說〉，《菽園贅談》（卷七），頁 24。

[25] 相關討論請參朱傑勤，〈星洲詩人邱菽園〉，《亞洲文化》第七期（1986 年 4
月），頁 24-25。

[26] 黃錦樹有過典型的陳述：「抒情的優先性被敘事的優先性所取代」。參氏著
〈否想金庸──文化代現的雅俗、時間與地理〉，收入王秋桂編，《金庸小說國
際學術研討會論文集》，（台北：遠流出版社，1999），頁 590。

流寓異地的體驗，邱菽園恐怕是深切體認到表達系統轉換之必要。
藉由其帶入的小說「近代化」經驗，〈方言俗稱入詩〉（《菽園贅談》
卷四）卻是他關注的另一文類系統。舊體詩作為流寓詩人群的文類
大宗，除了其標準的文化胎記，卻必須注意其作為自足自律的文學
場的意義。其部署的美學氛圍、美感經驗、文化時間，恰如其分擔
負著詩人間的經驗交流。詩人間的詩詞酬唱可謂典型的表徵。但詩
人地理上的位移，卻也是文學位置的流動。一個必然向當下敞開的
存在經驗，收關著文人品味。於是，邱菽園在傳承雅緻的舊體詩文
類之餘，方言成了其介入當下時間的入口。從杜甫、李白、孟浩然、
白居易等傳統大詩人系譜的追蹤，邱菽園顯然有著捕捉現實經驗的
焦慮。從這樣的線索往下看，一八九九年邱菽園在《五百石洞天揮
塵》提出了其對粵謳的關注就顯得有跡可循：「去臘余嘗以粵謳題，
後徵星洲社友卷，作者寥寥且多不詳其出處」[27]。粵謳作為廣東地
區的民間曲藝，其實可視為邱菽園的舊體詩格局下的互補文類。粵
謳以口語見長，生動辛辣，直接觸動現實經驗。對於曾經旅居廣東、
澳門、香港地區的他而言，應該是其擅長的方言。換言之，一套民
間的表述系統經由邱菽園的提倡，漸漸在廣府人作為第二大方言群
的新加坡受到歡迎[28]。一九〇四年一月五日《天南新報》刊登了新

---

[27] 邱菽園，〈粵謳題〉，《五百石洞天揮塵》（卷六），頁 14。

[28] 根據麥留芳的數據觀察，從一八九一～一九四一年廣府人在檳城與新加坡都
是第二大方言群。而最大宗的方言群始終是福建人。參氏著《方言群認同：早
期星馬華人的分類法則》，（台北：中央研究院民族學研究所，1985），頁 70。

馬第一首粵謳〈唔好咁做〉[29]，反印證了早在之前邱菽園已關注到少量的星洲粵謳。也因為對民間文學的有心引入，粵謳終究透過其創辦的媒體，躍上公開的發表園地。

　　粵謳透顯其民間魅力之所在，主要在其語言之靈動，且深入生活經驗。相對舊體詩的典雅與安穩，粵謳提醒了流寓文人面對的語言在地化問題與其應對策略。「域外」中國文人以傳統舊文學勾通其「中國經驗」，反過來說舊文學的精神根據也存在於「中國經驗」。而「域外」也意味邊陲。無力於介入改變中國時局的邱菽園，在破產後失卻了名士風雅，邊陲的文化身分有著表述經驗的困窘。但比較於民國建立後英雄進退失據的南社諸子及同光體遺老詩人，他們舊體詩中的鬼影是心靈和語言的巨大陰暗面。但邱菽園顯然積極回應了其文學語言與經驗表述上的問題。從 1932 年 7 月主編《星洲日報》的「遊藝場」專刊，邱菽園自闢「星洲竹枝詞」一欄，專寫星洲色彩的詩作。這當中的星洲色彩，最有意思的當屬以馬來語或英語入詩。狀寫當下時間與當下經驗，當地語言進駐中國舊體詩克服了「經驗匱乏」，卻無法形構自足的美學經驗。試觀以下例子：

> 馬干馬莫聚餐豪，馬里馬寅任樂陶。辛勿酒狂喧馬己，何妨三馬吃同槽。（馬干：makan 吃；馬莫；mabok 醉酒；馬里：mari 來；馬寅：main 遊戲；馬己：maki 辱罵；三馬：sama 一起）[30]

---

[29] 有關粵謳的相關研究，請參李慶年前揭書，頁 12-30。

[30] 轉引自李慶年前揭書，頁 462。更多詩例與討論可參考頁 459-464。

　　這類實驗性的詩作，其實透露出流寓文人跨入方言、跨入民間經驗的努力。舊體詩大量擷取當地語言入詩，充其量也只是異國情調。但這番努力的意圖，卻見證了流寓經驗中語言切換是往當下時空開放的最佳入口。反觀馬華新文學著眼標榜的新文體，那移植而來的白話文其實欠缺了在地經驗化的歷程。相對舊體詩的語言實驗，白話文進駐於新馬反而失去了臨場感。至於邱菽園等人對相對保守的舊文學中極典雅的舊體詩下手，更能看出民間表述系統對雅文學的衝擊，同時還是流寓經驗中文人語言經驗的克服與轉換。

三、早期新馬文學的精神史

　　一九〇〇年七月廿日丘逢甲在給邱菽園的信中提及設立中西學堂的事宜，且建議邱菽園督促當地精通西學的友人林文慶及曾錦文多譯醫學與律學之書籍，以造福國人。而學堂設立之意義，「保國可也，保教可也，保種可也，即不然，僅同心合力，以保在洋之利權亦可也」[31]。這番類似於近代中國知識分子救亡圖存的言論，置換於南洋的場景，其實有了不同的觀察。早在同年三月間，丘逢甲偕同王曉滄以傳諭保商之事南來新加坡，邱菽園作為接應人，掀起了當地孔教運動的高潮。3月26日《天南新報》版首王曉滄發表了〈星洲宜建孔廟及開大學堂說〉，隔日丘逢甲接續發表〈勸星洲閩粵鄉人合建孔子廟及大學堂啟〉。接著到新馬各地演說，情況熱烈，回響甚

---

[31] 丘逢甲，〈致菽園〉，見注 15 前揭書，頁 768-771。

多[32]。試從丘逢甲筆下的描述可見一斑：

> 莽莽群山海氣青，華風遠被到南溟，
>
> 萬人圍坐齊傾耳，椰子林中說聖經。[33]

這等氣勢與排場，可以預見引進南來學人的文化光環是有其現實的積極意義。爾後康有為的南來，也是相同意義的運作。無論尊孔保教，還是創辦學堂，南來學人儘管各懷政治意圖，但興學保種，必要以孔教中介。他們趕上邱菽園等人在新馬推動孔教運動的風潮，無異有著經驗移植和精神灌頂的作用。但回顧當地知識群體對孔教運動的體認，「中體西用」恐怕不是其精神根基。身處殖民地的移民，自然沒有「西用」的困境，而其面對「中學」與「西學」的思考框架，更著眼於「西學中源」的文化主體之確立。從諸如林文慶等土生華人的知識階層都捲入孔教運動的文化想像，但其議論與介紹儒家文化的文章，都以英文寫成刊行於《海峽華人雜誌》（ Straits Chinese Magazine）等當地學術刊物。這種相似的例子還有辜鴻銘。土生華人的文化與國族想像自然可以專章伸論。但這現象的背後，指陳了新馬當地的孔教運動其深沉本質來源於文化身分的安頓與確立。這不一定攸關西學衝擊，卻來自於流寓經驗。

---

[32] 關於早期新加坡的孔教運動與開辦學堂的文獻轉引及討論，請參梁元生，《宣尼浮海到南洲：儒家思想與早期新加坡華人社會史料彙編》，（香港：中文大學，1995）。

[33] 丘逢甲，〈自題南洋行教圖〉，見注 15 前揭書，頁 470。

　　從邱菽園〈西學暗合周禮〉、〈化學物質多中國之物考〉[34]等文章看來，其保有的「西學中源」意識，可視為一種文化保守主義。但這種文化姿態並非抵禦西學，畢竟這樣的姿態處於英屬殖民地實屬虛無。由此說來，「西學中源」可謂邱菽園在尋覓文化主體的意識投射。相較於「中體西用」，邱菽園急於打下文化的根基，尤其是針對普遍知識水準不高的華人移民。於是文化主體的確立訴諸於社會運動，自然以辦學辦報最為顯著。而邱菽園配合兒童啟蒙教學，在 1902 年出版改編後的《新出千字文》。作為教育的一環，編改千字文應合時勢需求，但也窺見邱菽園對於文字的敏感與堅持。姚夢桐先生比較了《新出千字文》與《常用字和常用詞》，驚人發現後者的一千字中有四百九十四字與前者相同。而這四百九十四字卻是邱菽園新編入的[35]。

　　對文字的敏感與編輯千字文，都可以說明其文化實踐的姿態。而這樣的精神結構，其實放大為流寓經驗中的主體堅持並不為過。從邱菽園創立「麗澤社」與「樂群社」的分課詩文，到辦報創闢文學發表園地，推動孔教運動，建立流寓詩人群的文藝沙龍（不論在地或海外往返），種種文學、文化與政治實踐，都顯示出邱菽園作為文學與文化行動者的魅力。他成功移植的文學遺產，其實正是流寓知識分子的光環。不論藉由他們之間的魚雁往返、詩文唱和還是親臨

---

[34]　〈西學暗合周禮〉見於《菽園贅談》（卷六），頁 8-9。〈化學物質多中國之物考〉見於《菽園贅談》（卷三），頁 15-23。

[35]　姚夢桐，〈丘菽園編《新出千字文》〉，《亞洲文化》第八期（1986 年 10 月），頁 56-63。

畫夢的鄉土：

論憂草散文的鄉土感性與抒情

一、鄉土、抒情與愛國

　　二〇一七年陳政欣獲得「花蹤」馬華文學大獎的代表作《小說的武吉》（2015），有一前身作品《文學的武吉》（2014），描述了馬來半島北端小鎮大山腳的地景和歷史，近似地誌書寫勾勒小鎮上蔚為風景的人物、事蹟和掌故。其中對早年大山腳青年作家憂草（佘榮坤，1940-2011）的處女作《風雨中的太平》一九六〇年於香港出版，他如此形容其在武吉鎮登場和熱銷的場景：

> 這，就是當年武吉鎮上最爆炸性的事件，而這本書，還在次年再度爆炸新聞：出了第二版。[1]

---

[1] 陳政欣：〈風水武吉與憂草〉，《文學的武吉》（吉隆坡：有人，2014），頁 132。

這本出自小鎮，走向香港的散文集，是當地文學出版的開始，距離陳政欣的《文學的武吉》已整整過了五十四年。二〇一七年辛金順編輯第一本以大山腳為地域／文學主題的選集《母音階》，直接將憂草《風雨中的太平》作為「大山腳第一本現代文學著作」[2]。過去二十年出自大山腳而崛起文壇的青年才俊不少，引領風騷者也大有人在。而被認為是大山腳文學起點的憂草，寫詩和散文，出版著作包括散文集《風雨中的太平》（1960、1962）、《鄉土・愛情・歌》（1962）、《大樹魂》（1965），以及詩集《我的短歌》（1962）、《五月的星光》（與蕭艾合著，1965）。他擔任過幾份報刊的總編輯，一九七〇年初就擱筆退隱，整體寫作的時間不算長。回顧一九六〇年代的馬華文學，像憂草這樣的青年作家，我們該如何描述他筆下的鄉土情思和轉折，如何勾勒他的寫作位置和意義？甚至以大山腳為起點，推及整個一九六〇年代的青年文學群體和網絡，這個議題值得進一步探討。[3]

　　一九六〇年代冒出的新作家不在少數，出版頗盛，北馬作者群也不乏名家。當時受到矚目的青年作家，不僅僅是憂草一人，同一時期，二十餘歲的慧適（1940-2009）、魯莽（1939-2003）等人，都是

---

[2] 辛金順：〈從在地出發：看見大山腳〉，《母音階》（吉隆坡：有人，2017），頁10。

[3] 同樣出身大山腳，後來在怡保、馬六甲等地工作的王葛（1922-2012），寫詩和散文，跟憂草同年出版了處女作散文集《路上》（1960），但稍晚於《風雨中的太平》幾個月。他的散文屬簡短、哲思的小品，展現另一種抒情美感。從青年作家譜系而言，王葛比憂草年長十八歲，故不納入本文討論範圍。

報刊、《蕉風》投稿的常客。他們從散文的結集起步，且各有出版、辦文學期刊的背景，一個頗具規模的馬華青年作家文學網絡已見雛形。居於大山腳的憂草，吉打居林的慧適，都曾是檳榔文社的成員。一九六二年轉型創立「海天」出版社，吸納新成員，先後創辦《海天月刊》、《海天詩風》、《海天詩頁》。也就在同年的吉隆坡，魯莽創辦《荒原月刊》，麻坡的馬漢創辦《新潮月刊》。值得一提的是，憂草《風雨中的太平》（1960）、慧適《海的召喚》（1963）和魯莽《希望的花朵》（1963）都是他們個人結集的處女作。《風雨中的太平》由香港藝美公司出版，後二者則透過《蕉風》主編黃崖的協助，這群青年作家出資籌組了新綠出版社，自行出版。不過就是一九六〇年代的首三年，他們從抒情散文出發，關懷眼前鄉土和生活，抒發主體感受和情思。若要細究他們的寫作啟蒙，固然可以從一九五〇年代以降盛行的鄉土寫實，突出地方經驗和梳理文獻、歷史掌故，帶有方物誌意味的寫作脈絡（如魯白野、馬摩西、蕭遙天，甚至更早幾年的吳進）來理解，青年作家的鄉土抒情並非歧出。然而，二十歲青年的鄉土熱情，顯然更聚焦於鄉土經驗的感受和抒情，箇中趣味的轉折稍嫌隱約，但可看到一九六〇年以後散文寫作風格的轉型和變化的端倪。尤其三位作者的第一本作品，以及接續的重要著作，基本產出於一九六〇～六五之間。因此認識憂草的文學位置，不僅是落在文學武吉的脈絡。那是一個青年作家群體崛起的網絡。

　　然而，綜觀各種馬華文學大系或選本，這群青年作者的散文卻不一定受到青睞。方修編選《馬華新文學選集‧散文》（1968），以及《馬華新文學大系‧散文》（1972）都限於選文時間跨度（1919-1942）

自動避開了戰後散文的典律化。碧澄主編《馬華文學大系·散文卷（一）》（2001）則選擇了一九六五～八〇時限，遺落了那五年。二十一世紀以來，鍾怡雯、陳大為主編的《馬華散文史讀本 1957-2007》（2007）可能礙於篇幅，或審美標準，也捨棄不選。直到辛金順編選《母音階》，以及《別在耳邊的羽毛：馬來西亞潮籍作家散文選 1957-2014》（2015），以籍貫和地域為準則的選集版本裡，憂草、慧適作為潮籍或大山腳作家受到注意。又或從文學主題著眼，黃錦樹等人編選《膠林深處：馬華文學裡的橡膠樹》，同時收錄憂草、慧適、魯莽的多篇作品，顯然膠林所代表的鄉土，是那一代人的集體記憶和共享題材。

這些選本收錄現象，多少指出了討論這群一九六〇年代青年散文的現實脈絡。過去的馬華文學研究向來對散文討論不多，如同鍾怡雯的觀察，散文創作量是馬華文學極重要的一環，各種理論與論述的建構則最弱。鍾怡雯、陳大為近年勤於耕耘馬華散文論述，尤其鍾怡雯以「作為文學史基礎的散文史」所做的種種觀察，批評方修、趙戎編選馬華文學大系的散文卷，堅守的文學和美學標準，依然不脫戰鬥、愛國、表現本土特色，單一集中的選文標準，對抒情沒有多元開闊的認識，造成抒情文積累的斷層，欠缺培養長遠的創作實踐和論述，以致儘管馬華不乏優秀抒情文寫作，卻無法形成自身的「抒情傳統」[4]。鍾怡雯的觀察，相當程度指出無論戰前戰後，

---

[4] 鍾怡雯：〈馬華散文史繪圖：邊界、起源與美學〉，《後土繪測：當代散文論 II》（台北：聯經，2016），頁 175-193。陳大為的相關散文論述，可參考陳大為：

馬華論述或馬華文學史論述，長期輕散文的取向；或者也欠缺恰當的視野和方法，討論這些萌芽於一九五〇年代後期，漸進成熟於一九六〇年初期的抒情文寫作。

若以方修在一九五八年提出「戰鬥的散文」為例，大抵看出他個人，或馬華文學界當時對抒情文寫作的基本態度。尤其文章結論提及：

> 早期的馬華散文作者，已經把各種形式的散文的寫作，推上了一個正確的道路，為抗日救亡，為教育群眾，為爭取進步而戰鬥著；擴大這個寫作路向，發揚這種戰鬥精神，支持新馬來亞的建國偉業，是現階段的馬華散文作者的任務。[5]

為響應建國所需，散文的抒情扣緊此時此地的現實。這大概決定了往後編輯馬華新文學大系散文卷的選文與時限取向。

方修的呼籲不是偶然。戰鬥精神的落實，接軌抗戰文藝，也呼應一九五七年的獨立建國，著眼眼前鄉土的此時此地。從一九四七～四八年間馬華文藝獨特性的主張以降，強調「此時此地」的寫作，或一九五五年《蕉風》創刊鼓吹落實的「馬來亞化」文藝，一九五六年愛國主義文學思潮的提出，接續一九五七年馬來亞獨立，一九五九新加坡自治的政治環境變化，歌頌建國、勞動，各種投向「祖國」（馬來亞）的論述相繼冒出，愛國集刊專刊的出版，形成了新氣象[6]。

《馬華當代散文史縱論（1957-2007）》（台北：萬卷樓，2009）。

[5] 方修：〈戰鬥的散文〉，《馬華文壇往事》（新加坡：星雲，1958），頁94。

[6] 可參閱方修對這一年的文藝界所做的觀察和描述。參見觀止：〈一九五九年的文藝界〉，《文藝界五年》（香港：群島，1972），頁61-86。

當土地熱情落實於文藝，容易變成批評家教條式的呼籲：反映效忠
馬來亞、建國浪潮、民族團結的題材[7]，尤其強調健康文藝發展的趨
勢（繼承反黃運動而來）。無論是「馬來亞化的寫實主義」（《蕉風》
初期路線）或「社會主義現實主義」（方修等人的路線）[8]，散文的
抒情在一九五〇年代的馬華文學實踐，難免沒有太多「詩意」的
想像。

　　然而，這種文藝風氣的發展，並非只是鐵板一塊。我們以歡迎
青年作者的《蕉風》為例，從一九五五年創刊至一九六〇年間，努
力在醞釀和調和它的本土化路線。《蕉風》從創刊開始，登載的文章
基本反映了其時著眼地方掌故，突出地理經驗的寫作風潮。第二期
的篇目，論述有李亭〈此時此地的文學〉；散文有蕭遙天〈食風與沖
涼〉、李申〈芭蕉的又一性格〉、許雲樵〈新加坡掌故談〉；民間傳說
〈孕婦島〉；小說有方天〈膠淚〉；詩有馬摩西的〈馬來亞頌〉，連附
錄的鍾泗賓油畫〈馬來甘榜〉，無一不抓住當地風土習俗，處理在地
寫實經驗。到了一九五六年第廿期登載〈漫談馬華文藝〉座談，聚
焦於馬來亞走向獨立，馬華文藝如何反映現實，寫出遠景的議題。
九月份的〈再談馬華文藝〉（22 期），討論「此時此地」則出現軟調
性的深入生活，把握混雜華語現象，帶有某種潛在的地方感培育，

---

[7]　卓舒：〈當前愛國主義文藝應有的動向〉（1959），苗秀編：《新馬華文文學大
系‧理論》，頁 322-326。還詳列整理與改編馬來亞各民族的傳說與神話，翻譯
和相互介紹各民族的文藝作品。

[8]　參見張錦忠：〈在冷戰的年代：馬華文學雙中心複系統〉，《馬來西亞華語語系
文學》（吉隆坡：有人，2011），頁 46-65。

豐富了討論「此時此地」較為教條式的內涵。而一九五七年座談會的主題更設定為〈一九五七年馬華文壇的展望〉，申青強調「獨立文藝」是「從文藝中恢復民族的信心，融洽民族的情感，指出獨立的願景，洗鍊外來的感應」，甚至鼓吹馬華寫作人具備的雙重使命：「創造新生奮發的文藝，給一個新興的國家鋪好穩固的心理基礎」；「有選擇地保留中華文化傳統，另一方面還要積極主動地去融和其他民族文化」。相對的，還有馬摩西鼓勵「消除亞非國家間的文藝隔膜」，明確指出「如果說只以馬來亞為背景，是否嫌其地域太窄，在生活上的反映，倒不如包括同文同種的南洋，如印尼，北婆羅洲華人文藝在內」[9]。換言之，這類呼籲鼓動寫作者創造新時代，除了形塑鄉土熱情，在某個程度上也激發了寫作者將眼光投向內在主體與眼前環境、土地的結合。

　　以上現象和氛圍，無論是作為文藝青年的成長和寫作環境，抑或主導了他們寫作的地方性視域和表現內涵，都凸顯了在一個政治轉變的語境下，創作者的地方熱情與抒情表現，在散文世界可能遭遇的實踐與轉換。

　　趙戎是最早從散文選集或散文史視野討論憂草等人，於是他的選文和審美標準著眼於土生土長，鄉土熱情就變得有跡可尋。在《新馬華文文學大系·散文（2）》，趙戎同時選錄三人的作品，卻也是全卷裡數量最多的前幾人。慧適有十三篇，憂草九篇，魯莽九篇，如

---

[9] 以上數人的座談會談話，見申青等：〈一九五七年馬華文壇的展望〉，《蕉風》29 期（1957 年 1 月），頁 3-4。

果連同王葛十四篇算入，這些發表或成書於一九六○～六五之間的散文，幾乎是趙戎選文標準下最能表現「馬來亞意識」，介於一九五五～六五年之間的代表性佳作。四人作品的文字總數，佔了全書的三分之一。《新馬華文文學大系・散文》共兩卷本，選文範圍介於一九四五～六五的戰後廿年。趙戎注意到後十年的散文家不斷湧現，那是「抒情文的世界」[10]。抒情的基調，根源於「火熱的感情」，但著眼的是創作者「對土地對人民的愛都是共通的」、「歌頌我們國土與人情底美麗和可愛」。他的立足點是這些土生土長的青年，對「當地的一山一水，一草一木和各民族的生活風俗習慣，有了深刻關係和不可磨滅的感情」。換言之，對土地的熱情，有著在地性，本質性的情感基礎。這恰恰回應了從一九四七～四八年「馬華文藝的獨特性」與「僑民文藝」的論戰以降，對「此時此地」的寫作呼籲的落實。有趣的是，趙戎在散文形式裡強調的『地方色彩』，以抒情的姿態，突出了內容與情感結合下，某種寫作主題和立場的不證自明。他介紹慧適散文優點是「充滿了對土地的愛情與對風土人物底熱誠」、「對當地一切的赤誠底愛，是作家真正成功的必具底基點」[11]。而對憂草風格的界定，除了突出早期風格相似於慧適「對土地風物的愛戀」，又用極大篇幅，回應憂草第三本散文《大樹魂》（1965）轉向哲理寫作和抒情的改變。儘管趙戎再三強調熱帶山河與人民習俗，

---

[10]　參見趙戎：〈導論〉，《新馬華文文學大系・散文（1）》（新加坡：教育出版社，1971），頁 1-12。趙戎：〈導論（二）〉，《新馬華文文學大系・散文（2）》（新加坡：教育出版社，1971），頁 1-21。

[11]　趙戎：〈導論（二）〉，《新馬華文文學大系。散文（2）》，頁 8。

還沒有被名家「寫定」，仍有一寫再寫的必要，但又不吝肯定《大樹魂》所做的轉型，甚至給予「何其芳的《畫夢錄》與之相較也會失色」的崇高讚譽。選集裡的九篇選文，其中五篇就出自《大樹魂》。趙戎對該書的標舉，倒是指出了他對抒情散文的典範想像。一九三〇年代中國現代散文家何其芳、李廣田等人的藝術風格，輕易成為理解馬華抒情散文的有效參照系統。但趙戎的觀察不僅於此。他在評價魯莽的散文，強調其濃厚凝練的氣氛，以及詩的情愫豐滿，而有不同於憂草、慧適等人的渾厚氣魄。與此同時，他強調魯莽作品態度「活潑、豪爽、勇敢」，是「熱帶青年的魄力和精神」，卻又不同於何其芳等中國作家帶點憂鬱和傷感的情愫。

　　綜合而言，趙戎推崇這批年青作家的散文，包裹了他對獨立建國以來，鼓動的愛國主義精神下，對馬華文藝強調的地方色彩、馬來亞化、獨特性等議題的總體回應。趙戎在一九七〇年對這些崛起於一九六〇年代的第二代馬華散文家的評價，可以歸納為〈導言二〉的總結：

> 他們都是土生土長的。他們對熱帶的土地有著真摯的愛情，就像一株植物在這裡生了根，開枝發葉，是不可以移易的了。他們的愛國主義底精神，就反映在愛鄉土，愛人民，愛風物底篇什上。這將長遠地影響我們的廣大讀者群，促進他們擁抱這塊土地，昂揚起熱愛家邦底浪潮。[12]

趙戎透過大系選集的典律，將馬華青年作家的抒情散文，建立在熱

---

[12] 趙戎：〈導論（二）〉，《新馬華文文學大系・散文（2）》，頁21。

帶鄉鎮風土裡的活力、健康與熱情。他們的「土生土長」，似已成功代換「此時此地」，寫作的鄉土，被視為裸露著愛國主義精神。弔詭的是，愛國之鄉土，又反而成了這些青年作者鄉土抒情的倫理負擔。

　　然而，憂草等青年作家的抱負不僅僅是愛鄉土的抒情。溫任平策劃編輯《馬華當代文學選》（1985）兩卷本的小說與散文，將選文時限介於一九六〇年代以降的二十年，理由是一九六〇年代以後的馬華文學，始有「藝術自覺」，顯然也注意到抒情散文寫作背後另有脈絡。張樹林主編的《馬華當代文學選‧散文》，在推舉憂草等人散文的同時，調性變得柔軟，關注焦點已放在文字與風格。

　　　魯莽以文字瑰麗見稱，憂草現代感敏銳，慧適的散文洋溢著
　　　一股清新的田園氣息。[13]

編者強調這些青年作家的熱情，以及地方感性所形塑的風格。但在散文世界裡，他們如何不同於前輩作者的地方書寫？這些以經營文字見長，風格清新又現代的抒情文，到底揭示了一九六〇年代以降，馬華散文發展的哪些特質和現象？

　　鍾怡雯曾以地誌寫作試圖賦予鄉土抒情更清晰的界定。她從馬華散文史脈絡重新定調憂草《風雨中的太平》（1960）和慧適《海的召喚》為城鄉散文，經營城鎮地景、掌故，可視為北馬地區民俗地誌的寫作，揭開一九六〇年代馬華文學地誌書寫的序幕[14]。不過，

---

[13] 張樹林：〈導論〉，馬來西亞華人文化協會編：《馬華當代文學選‧散文》（吉隆坡：馬來西亞華人文化協會，1985），頁5。

[14] 鍾怡雯：〈從理論到實踐：論馬華文學的地誌書寫〉，《后土繪測：當代散文論II》，頁252。

若進一步解釋這些地誌散文寫作背後的抒情主調，又會發現青年作家的土生土長，背後張揚的主觀熱情另有懷抱。相對處理地理經驗的魯白野、馬摩西、吳進等人，儘管他們之中不乏出生馬來半島者，但長時間在中國、印尼離散與流亡經驗，自然有不同的感覺結構。在相似脈絡下，蕭村《山芭散記》（1952）早有馬來半島質樸的地方經驗記敘文，而威北華《春耕》（1955）、《黎明前的行腳》（1959）更有地方觀察和感觸的小品勾勒。如果一九五〇年代創作者對馬來亞生活、地方經驗的記敘和遊歷寫作，只是凸顯了作家個人越界交織的地方複雜情感，以及地理重建，那麼一九六〇年崛起的青年作家則讓趙戎有了不同的視野和驚喜。他著眼且再三強調土生土長的鄉土熱情和經驗，注意到馬來亞青年是「份外的熱情底，比任何國家的青年也顯得更突出更奔放」[15]，似乎替馬華文學的「獨特性」捉住了根基，甚至做了某種解套。換言之，他轉而關注文學與情感的抒發，情感在鄉土經驗裡的措置。

　　趙戎對憂草表現最成熟的散文集《大樹魂》另眼相看，並跟何其芳並舉，自然有抬舉之意。但也反映了憂草、慧適等那一代的青年作者，從一九三〇年代的何其芳、李廣田、卞之琳的散文和詩世界獲取養分的閱讀經驗[16]。何其芳《畫夢錄》（1936）在一九五〇年

---

[15]　趙戎：〈導論（二）〉，《新馬華文文學大系・散文（2）》，頁2。

[16]　慧適在訪談裡提及他受過何其芳等影響。參見辛吟松：〈黃昏裡浮動的燈火〉，李錦宗編：《濤聲遠去，林木依舊：慧適紀念集》（吉隆坡：胡姬小築，2010），頁81。憂草在《風雨中的太平》的〈再版後記〉提及他的散文觀：「魯迅的寫法，不同於何其芳，何其芳的也不同於李廣田」，顯然有相同的閱讀經驗

代的香港、星馬風行，並非偶然。一九三〇年是中國抒情散文發展
的重要轉折，一九三七年《大公報》頒發散文獎給《畫夢錄》，意味
著當年詩化散文的重要轉向。在雜文、小品、閒話之間，《畫夢錄》
找出了散文往美文經營的重要實踐，強調其獨立的藝術製作。《畫夢
錄》代表的美文能量，在抗戰時期，政治社會矛盾激烈的時代，恰
恰是抒情的指引，一種重生的力量[17]。唯情的引導，也讓鄭振鐸在
國共對決的詭譎氛圍裡，重讀《畫夢錄》而找到寄存[18]。趙戎以為
憂草的《大樹魂》可以類比《畫夢錄》，不也意味著這些青年散文家
的鄉土和自我抒情，多少反映了時代經驗裡必然尋索的語言轉換，
以及主體游移在城鄉和家國之間的微妙變化。換言之，憂草從《風
雨中的太平》、《鄉土‧愛情‧歌》到《大樹魂》的抒情文所呈現的鄉
土感性，除了趙戎推崇的愛國熱情，卻隱約窺見在一九五〇年代末
期第一波現代主義掀起風潮之際，在詩的實驗與實踐之外，散文世
界的轉型和試探。

二、祝福青春：崛起和跨境的青年文藝

　　一九五五年十一月《蕉風》創刊後，徹底改變了馬華文壇的生
態。《蕉風》在標榜「純馬來亞化文藝半月刊」的宗旨之下，試圖「把

和文學養分。

[17] 司馬長風：《綠窗隨筆》（台北：遠行，1977），頁47。

[18] 錢理群：《天地玄黃》（濟南：山東教育，2002），頁296。

馬來亞的文化沙漠開拓成文化綠洲」。現有的研究成果，已清楚描述並指出友聯出版社支援出版《蕉風》，及隔年於新馬發行的《學生周報》（1956-1984），對馬華文學的生產和發展，發揮了關鍵意義和影響。就文化資本的挪移和積累而言，香港南來作家和編輯群體，主導和改變了文學的輸入和生產[19]。放在華語語系文學的跨國傳播而言，這恰恰涉及港台文學與文化資源在冷戰時期的跨國文化生產議題[20]。另一方面，置於馬華文學史，以及文學發展脈絡而言，此二刊物帶動的文學現代主義風氣，直接促成了兩波馬華文學現代性浪潮[21]。張錦忠強調的第一波馬華現代主義，始於一九五九年白垚的現代詩寫作。早幾年南來任職於《學生周報》的白垚，強調從黃崖等南來編輯身上獲得更多台港的現代文學養分[22]。一九六九年陳瑞獻、李蒼等人開啟的第二波馬華現代主義浪潮，都是曾經間接或直接參與兩份刊物的寫作和編輯[23]。因此《蕉風》和《學生周報》有

---

[19] 對此議題的介紹和研究成果不少，可參見蘇燕婷：〈1950 年代香港南來作家構築的文學面貌〉，伍燕翎編：《西方圖像：馬來（西）亞英殖民時期文史論集》（吉隆坡：博特拉大學現代語文暨傳播學院，2010），頁 61-81。

[20] 這部分的最新研究，可參考沈雙、王梅香等論述。

[21] 張錦忠：〈亞洲現代主義的離散路徑：白垚與馬華文學的第一波現代主義風潮〉，郭蓮花、林春美編：《江湖、家國與中文文學》（吉隆坡：博特拉大學現代語文暨傳播學院，2010），頁 219-232。伍燕翎：〈從《蕉風》（1955-1959）詩人群體看馬華文學的現代性進程〉，伍燕翎編：《西方圖像：馬來（西）亞英殖民時期文史論集》，頁 83-96。

[22] 參見白垚：《縷雲起於綠草》（吉隆坡：大夢書房，2007）。

[23] 第二波的馬華現代主義風潮，有更複雜的維度，不僅於限於此二份刊物。相

其標誌性的位置和意義，不言而喻。但馬華現代主義風氣值得關注，不僅是促成馬華文學生產的藝術轉折，就在相同時段，《蕉風》、《學生周報》及其編輯群體構成的文學場域，揭示了一九五〇年代末到一九六〇年代以來，馬華文壇別具意義的文學生產空間，及其流動的地理空間。在這層意義上，《蕉風》和《學生周報》發揮的功能並非僅止於紙上文學，雜誌在新馬發行之初，接續香港友聯出版社「為青年辦一份刊物」的精神，旨在剿共的馬來亞「搞一些青年的文化活動、傳媒上的活動」[24]，因此透過活動而培育和拉拔青年作家或青年領袖就變得順理成章。

　　一九五九年底香港《中國學生周報》總編輯黃崖南來，接手《學生周報》任總編輯，一九六二年再接下《蕉風》主編重任。黃崖南來之前，文章早已透過《中國學生周報》（星馬版）受到馬華讀者的注意。他主編《蕉風》的一九六二～六九年間，在馬來半島的南北奔跑，推動各類文藝座談、訓練班，促成青年作家組織文社、研究會和出版社，發行雜誌期刊，出版自己的作品，形成寫作者網絡[25]。

關討論參見張錦忠：〈守著另一種燈光或黑暗：追憶馬華現代詩的逝水年華（1970-1979）〉，李樹枝、辛金順編：《時代、典律、本土性：馬華現代詩論述》（雪蘭莪：拉曼大學中華研究中心，2015），頁 21-40。但牧羚奴的詩專號載於《學生周報》651 期（1969 年 1 月 8 日）、李蒼的詩專號刊載於《學生周報》683 期（1969 年 8 月 27 日）。

[24] 參見早期香港友聯出版社總經理何振亞的訪問。見盧瑋鑾、熊志琴編著：《香港文化眾聲道》（香港：香港三聯，2014），頁 20-21。

[25] 根據馬漢、子寧的回憶，他們都描述了黃崖在北馬、中馬、南馬舉辦多次文藝講座和訓練班的經驗。參見子寧：〈憶文藝會：悼黃崖〉，《清流》11 期，1992

「在地」文學行動的意義更甚於《蕉風》在編輯方針的紙上「馬來亞化」的作法，或可視為將文藝「馬來亞化」的具體落實。黃崖結合《學生周報》通訊部的康樂藝術活動能量，尤其一九六三年擴大成立的學友會，各地分會組織的動員，推廣藝術活動（歌唱比賽、舞蹈晚會、畫展）、教育服務，頻繁的在半島城鎮主辦野餐會（至少舉辦了四、五屆的青年作者野餐會）、生活營、文藝講座，相當成功地透過活動將各地文藝青年連結，鼓動了文藝青年的創作熱情和希望，以及極致的青春想像[26]。在幅原廣闊的馬來半島，各類活動和通訊員是連結的文藝支點。活動的成功，也連帶反饋和刺激了香港《中國學生周報》，讓他們也開始在香港辦活動[27]。除此，《蕉風》出版社也面對中學生舉辦「文藝創作講習班」，不同地域有不同講師，其中不乏文壇前輩。諸如檳城區的第一期講習班，就請了伊藤講中國舊小說，蕭遙天講詩詞，溫梓川講散文創作，白垚講新詩創作，黃

年 5 月，頁 12-14。馬漢：：〈黃崖新車北上南下推動文藝〉，《藝林雜憶》（新加坡：新加坡青年書局，2008），頁 38-42。馬崙論及《蕉風》對馬華文學的意義，也著眼於培植新秀，主導了一九六〇年以降重要馬華作家的生成。參見馬崙：〈《蕉風》揚起馬華文學旗幟（1955-1993）〉，《馬華文學之窗》（新加坡：新亞，1997），頁 79-96。

[26]　關於學友會的組織活動，參見劉戈：〈永作文化長城：學友會的工作介紹〉，《學生周報》419 期（1964 年 7 月 29 日），第 11 版。黃崖的簡要生平事蹟，可參閱林春美：〈黃崖〉，《馬來西亞華人人物志（二）》(吉隆坡：拉曼大學中華研究中心，2014)，頁 534-57。

[27]　見何振亞的回憶，見盧瑋鑾、熊志琴編著：《香港文化眾聲道》，頁 20-21。。

崖講小說創作等，皆是一時之選。[28]

　　我們無法低估這些活動在一九五〇～六〇年代的文學意義，除了黃崖和本地教師作家，其他從香港南來加入編務和支援活動的主辦者，包括古梅、燕歸來（邱然）、王健武、姚拓、白垚等人，以及半島北中南的青年作者，都緊密連結在一個文藝隊伍。友聯在新馬的文教事業甚廣，從劇團、書店、印刷廠到出版教科書，經濟資源比香港還豐沛，因此新馬各地舉辦的文藝活動很多，對文藝學子的影響巨大，甚至對青年作家的養成也具有重要的效應。學友社成員往後成為社會文教中堅份子的不在少數，甚至成為一代人的文學與文化集體記憶。[29]

　　黃崖推動的文藝活動，對一九六〇年代的青年寫作帶來前所未見的影響，以及開啟了文壇新的局面。回顧香港友聯出版社和《中國學生周報》的創辦，開始也是發掘青年學子加入《中國學生周報》的通訊員，甚至擴及香港以外的東南亞各地。一些有意願的文藝青年因此投入編輯群，開啟活動。由此可見擴張業務到新馬的友聯，接續創辦文藝刊物，主調也是面對文藝青年群體。黃崖主編《蕉風》、《學生周報》期間，大量採用青年作者的作品，同時不吝版面刊載青年作家座談會上的寫作呼籲，大有替青年作家發聲的意圖。一九六二年《學生周報》291 期刊載南馬青年作家的〈我們對馬華文壇的

---

[28]　參見〈蕉風出版社主辦「文藝創作講習班」〉，《學生周報》419 期（1964 年 7 月 29 日）。

[29]　多年以後，當年的學友社成員的各種聚會時有所聞，同時成立了網頁「學友之窗」。https://willieho68.wordpress.com/（2018/7/22 檢索有效）

意見〉，295 期則刊載北馬青年作家座談會〈北馬青年作家的呼聲〉
[30]，為青年寫作定調。這些呼籲裡特別強調青年作者的聯繫網絡，
包括推崇在波德申舉辦的第一屆青年作者野餐會，爭取重視青年作
家的作品和發表園地。也就在同年的五月，黃崖協助這群青年作家
成立了「海天」、「荒原」、「新潮」三個北中南的文社，先後創刊了
《海天月刊》（1962-1967，共 21 期）、《荒原月刊》（1962-1966），和
《新潮月刊》（1962-1964）。馬華青年作家的集體氣勢由此來到顛峰，
其中「海天」社乃有之前的檳榔文社成員，基本聚集了北馬重要青
年作者，包括慧適、梁園、蕭艾、憂草、宋子衡等人。而梁園主編的
《海天月刊》實際的編輯部雖在居林，但編輯部地址卻在大山腳。
爾後一九六五年十二月還有在怡保創刊的《海天詩頁》（1965.12-
1966.8，共 5 期）、一九六六年三月於吉打雙溪大年創刊《海天詩風》
（1966.3-5，共 2 期）[31]。雖然皆是短命詩刊，但已見青年詩人崛起
的氣勢。一九六三年，根據方修的觀察，老牌書店如世界書局、青
年書局、上海書局幾乎陷入出版的停頓狀態，幾個小出版社如草原
文化社、長空文化社都已收盤[32]。顯然，比起前兩年，這是出版業
有點沈寂的一年。但新綠出版逆勢而出，反而出版了慧適、魯莽的

---

[30] 參見林蕙、憂草、艾文：〈北馬青年作家的呼聲〉，《學生周報》295 期（1962
年 3 月 16 日）。

[31] 關於海天出版社的三份期刊資訊，參見李錦宗：《新馬文壇步步追蹤》（新加
坡：新加坡青年書局，2007），頁 251-258。

[32] 觀止：〈一九六三年的馬華文藝界〉，《文藝雜論》（星加坡：星洲書屋，1964），
頁 36。

處女作，還有集文《流星》。前一年新綠還出版了梁園《喜事》、陳孟
《小羊》、馬漢《美好的時刻》。這群青年作家的一股熱情，在黃崖
的鼓吹下，似乎沒有太多現實顧慮和傳統包袱，每位作者各以二百
元出資成立新綠出版社[33]，但也因此促成這一批作品的新氣象，奠
定了一九六〇年代幾本重要散文集的出版。《海天月刊》、《荒原月
刊》、《新潮》，每年出版三四期，但到了一九六五年，雖不至於停刊，
但刊期也是零落。換言之，一九六〇～六五之間確實是馬華青年作
家崛起的關鍵年代。

　　我們回顧《海天月刊》的創刊詞，強調的是寂寞的文壇，發表
園地的狹窄，以及寫作耕耘的困難，因此要走出青年寫作困境不得
不創社辦刊。而更具爆發力的青年作家宣言，當屬《荒原月刊》的
創刊詞：

> 我們不想幼稚的借用文化沙漠的濫調，揶揄正在醞釀著轉捩
> 新機的青年文苑和沈消辛勤的文藝作者，我們也不敢狂妄的
> 揭櫫蓬勃煥發的青年文運，展拓豐腴的綠洲的使命自居；但
> 我們好幾個受著文學熱愛的煎熬和驅使的青年人，也像其他
> 的許多友伴們一樣，有著我們自己璀璨的理想，憧憬和夢幻，
> 於是我們毅然的決定辦這份小型的文藝刊物。[34]

青年作者的理想和困境，促成了他們發動文學能量的動機，但也藉

---

[33] 對新綠出版社的成立經過，參見馬漢：〈想起新綠出版社的一些往事〉，《文
林雜憶（二集）》（新山：松柏文化事業有限公司，2011），頁249-553。

[34] 〈荒原創刊號創刊詞〉，趙戎編選：《新馬華文文學大系・史料》，頁386-387。

助於《蕉風》、《學生周報》鋪墊的文藝場域，而得以開花結果。尤其
《蕉風》從第十三期（1956.5）開始開闢「馬來亞青年園地」，青年
作者寫作地景風物，習作成分居多，但已是青年人的筆觸開始進入
《蕉風》的重要起點。同年八月乾脆取消了「馬來亞青年園地」，直
接讓青年作家融入一般作家之林，山芭仔（溫祥英）是當時登場的
重要例子。寫作新血與青年作者的培育，構成了一九五〇年代末到
一九六〇年代文學系譜的改變。伴隨著《蕉風》、《學生周報》開始
寫作的青年作者，自然吸取也接納了《蕉風》推動的本土化寫實路
線，以及《學生周報》走的新詞文藝路線[35]。在此氛圍下，他們筆
下重新鑄造的鄉土感性，以及感受的政治時空變遷，促成了他們試
圖走向不同的鄉土抒情趨向。從一九六〇年開始，《蕉風》已見到台
灣作家季薇討論散文的研究，魯荻的散文也在《蕉風》出現，加上
不少翻譯小說，以及新詩專輯裡引入覃子豪、林以亮等討論新詩議
題的論述。種種攸關文學語言操作的養分注入馬華文壇，文學形式
的反省與嘗試，直接或間接過渡到青年作者的散文世界。憂草的三
部散文集多少也反映了他對散文語言形構鄉土與自我世界的省思。

　　憂草在他最成熟的散文集《大樹魂》裡，曾對馬華散文寫作展
開批評與反省：

　　　　我們不應該再寫那些山呀河呀和那些無聊的寄簡之類的題
　　　　材，我們應該更深一層具有了解社會情況和洞察人性善惡美

[35] 參見張錦忠：〈亞洲現代主義的離散路徑：白垚與馬華文學的第一波現代主
義風潮〉的討論。

好的技能，去尋找新的題材，去嘗試新的形式。[36]

其時，連士升的《海濱寄簡》一連四集就在一九五八～六四年間出版。憂草試圖從這類寫作裡轉型，可見出他的企圖心。《大樹魂》集中體現了憂草散文意圖營造的不同鄉土觸感，無論從語言操作與內在世界的重組，都能顯示他對待散文的不同眼光。他以詩般的語言重鑄鄉土感性，箇中的抒情面向大致有幾種特質：詩化散文的語言和節奏、素描勾勒鄉土的自然與詠歎，以及獨語體的生活與心靈掙扎。諸如〈大樹魂〉以大樹的扎根與靈魂，對照個體步入社會後的消磨。靈魂是反覆的疊字，營造出孤獨又堅韌的特質：

> 孤獨我於廣壤的庭園中，讓煙噴出一股傷緒。而默默，而默默祈祝，一句衷心之語，不管勁風多急，此生此世，化我靈魂為一株倔強高傲的大樹吧。…　…那熱愛土地的情感，此時此地，是多麼罕有呵。臨風，不倒腰。寂寞，不傷感。不媚，不屈。青天在上，永遠向上。如斯的靈魂，海角天涯何處有？[37]

「那熱愛土地的情感，此時此地，是多麼罕有呵」昇華化為樹魂，轉換了土地的情思。〈五月祭〉則進一步從哲思轉向內省的抒情自我。

> 曠野無聲，靜統治著大地。可是默立太久，思索太長，我胸中卻燃起了一把野火。我是一團枯草。燒自己於虛無與失望。辟拍聲是成仁的歡歌。而還會祭自己以餘燼，祭先人以說不

---

[36] 憂草：〈序〉，《大樹魂》（雪蘭莪：海天，1965），無頁碼。

[37] 憂草：〈大樹魂〉，《大樹魂》，頁1。

出的哀愁。[38]

〈燈之夢〉投向小鎮廟宇的燈火，蘊藏著期許小鎮出偉人的那一點靈氣。點點燈火的希望和傳說，貼近個體在小鎮鄉土世界裡的寂寞和希望。而〈網之囚〉大概是最貼近鄉土生活形象，但詩意語言形塑趨向極致。憂草處理膠工在膠林日複日的勞動和無以擺脫被剝削的命運。

> 樹木千重萬重，樹葉密得如頭上之髮，環境利得好像晨早握在他們手上的短刀。誰的壯志都已經蒼老，誰也已經把日子寫在蒼白的日曆紙上。鳥在網內，他們也在網內，視線何其短，而林的日子卻何其長。何其愁，有幾個還是年青的，在黑夜裡悲歌起來了，他們嘆，他們熱淚盈盈，灑下在這可愛復可恨的鄉土，他們呵他們……[39]

字句段落帶有音樂性的悠揚，連綿的情思轉折，憂草看到鄉土殘酷世界的內部，抒情語調裡不乏銳利的批判。

> 他們如牛，拖一車希望去銷光，在很厚霧的早上，便縛一盞燈在頭上，在茫茫的林裡向蚊子推銷生命的血液，像他們向樹木吸取生命的血液一樣。樹在風風雨雨中憔悴，他們在風風雨雨中憔悴，而誰卻在這憔悴中飽漲？是誰是誰是誰呵？[40]

《大樹魂》形塑的文體風格強烈，大概是青年憂草摸索和嘗試散文

---

[38]　憂草：〈大樹魂〉，《大樹魂》，頁 32。

[39]　憂草：〈網之囚〉，《大樹魂》，頁 27。

[40]　憂草：〈網之囚〉，《大樹魂》，頁 27。

與詩語言的調配成果。他將抒情筆調極致揮灑，落在疊字碰撞的語
感與聲音，試圖以哲思昇華鄉土經驗，同時重建對鄉土與生活的感
性語言。

在早幾年的處女作《風雨中的太平》，憂草的語言卻顯得稚嫩、
質樸、率真，包裹的是鄉土的歌詠和直感，主觀視角下的鄉土抒情。
無論處理太平、檳榔嶼、吉打、丹絨武雅、華玲等北馬各地域，地理
和自然都貼近情感線條的描述，不涉地誌寫作的知識和考究。甚至
同樣處理膠林，都以頌歌的歡樂，近乎口號的大聲唱詠：「看我們的
膠林，站得高高直聳雲霄的，把眼睛展望到海的遠處，只要是誠實
的人，我們的國家，我們的人民，我們的膠林一定會歡迎你們的」[41]。
歡樂的鄉土氛圍，直呼的愛，大概是趙戎解釋憂草熱愛鄉土的原因
之一。這類不盡成熟的少作，卻多少看出青年作家不同於前輩作家
魯白野等人的筆調，青年人直率奔放的昂揚，恰似唱出新時代的
聲音。

> 這裡的年青人是偉大的，就像一株株的橡樹，在淒風苦雨的
> 年代裡默默地長大，然後忍受著苦楚，流出奶白膠乳來，哺
> 育了這塊自己的土地。……就在那黎明後的晴天，我和清
> 子踏著快樂的腳步，走出這個呆住了十多年的山城，我們要
> 走遍祖國的原野，我們要去看那新生了的母親。[42]

---

[41] 憂草：〈膠林的頌歌〉，《風雨中的太平》（香港：香港藝美圖書公司，1960），
頁 107。

[42] 憂草：〈從山城到太平〉，《風雨中的太平》，頁 24-25。

稍後的《鄉土・愛情・歌》，抒情不僅是內部情思，也擴及了外部情境的流轉，以及人事。諸如寫作〈三個山城〉，著眼華玲、高烏、仁丹，素筆勾勒地景自然甚於歷史陳跡。儘管華玲作為一九五五年馬共與政府和平會談之地；仁丹是殖民地時期採錫的重鎮；憂草筆下的山城，素描旅人的觀感與情調，結論輕輕一筆：「讚美和平，讚美華玲，讚美我們的土地故鄉」。這類頌唱的悠揚和熱情，可以清楚看到一九三〇年代五四美文的痕跡，無論是何其芳或更早的徐志摩。換言之，憂草自己也稱為習作的這些作品，醞釀著他自己的鄉土感觸，以及摸索語言的轉型。他試圖以抒情見長的筆調改寫鄉土散文，貼近本土化，但有時氛圍與情思的過度經營，反而覆蓋了青年作家最初的土地感性。但我們不該忽視，在眾多稍嫌稚嫩的少作裡（以我們今日閱讀散文的審美標準），我們看到散文世界裡初步勾勒獨立建國後，成長的青年作者一代，他們在文體自覺裡試著轉換的語言和鄉土印象。

在這一波馬華青年作家崛起的時刻，值得關注的，還有香港藝美圖書公司策劃的幾本馬華青年文學選集。早在一九五九年，藝美圖書公司編輯部出版了馬漢主動投稿的《聽來的故事・馬來亞小說散文集》。爾後出版憂草《風雨中的太平》（1960），接續是慧適主編《橡實爆裂的時節》（1961），然後是由林綠（1941-2018）主編系列三本的合集《祝福青春》（1962）、《我們的歌》（1962）和《籬笆》（1962）。當中有純散文或純詩歌的合集，也有詩、散文、小說並存的合集，網羅了包括慧適、年紅、憂草、冰谷、冷燕秋、林綠、馬漢、陳孟、羅思等青年作家，都是一時之選。青年作家選集的編輯

和成功，可以視為一個華文純文學閱讀人口的觀察。也就在一九六二年，香港藝美圖書公司出版了憂草詩集《我的短歌》（1962），並替憂草《風雨中的太平》再版時，直接放入「南洋青年文學創作叢書」，於是同年這個叢書系列還有游牧《生與死》、小谷《山居寄簡》、林華《不再倔強的人》，以及泰國作者沈亦文《羔羊淚》。香港出版機構對東南亞，甚至聚焦馬華青年作家的出版，反映的是一個冷戰時代背景下，書籍在星港之間出版行銷的歷史。早在一九四〇年代末，新加坡的世界書局和上海書局就分別在香港成立辦館，後來轉型為香港上海書局和世界出版社。一九五八年末，新馬殖民政府祭出禁書令，查禁中國書籍和少數左派色彩的香港出版品，斷絕從中國進書的管道。於是，在香港的上述兩家辦館轉型為出版社，除了租借中國圖書紙型重印舊書，同時設立編輯室、印刷廠，刊印新馬華文文學作品，創辦文學雜誌，包括在香港文藝界打開新馬文學視野的《南洋文藝》（1961-1962），直接開啟了新馬書局在香港印書回銷新馬的渠道。加上這兩家書局在東南亞各地有不少分店和代理處，香港的出版品就由此大量行銷至東南亞市場。這也間接替香港的書業和出版業帶來繁景，讓香港在冷戰時代發揮「文化平台」的功能，新加坡則成了圖書往東南亞各地銷售的中轉站。[43]

另外，香港的《中國學生周報》廣銷東南亞奠定的市場，加上

---

[43] 關於冷戰氛圍下香港與新加坡兩地之間的圖書出版行銷網絡，可參考章星虹的討論，以及對當事人的訪問。參見章星虹：《星洲星光：現代旅人手記》（新加坡：八方文化創作室，2016）之卷三「禁書令下『星洲—香江』書緣紀實」系列文章。

新馬的《蕉風》、《學生周報》創刊以後，友聯出版社在新馬的業績回收，甚至強過香港的總公司。以上種種因素，大致解釋了一九五〇～七〇年間香港／新馬圖書出版和銷售的交流網絡。根據馬漢評估，香港出版的青年文藝叢書，除了香港市場，新馬、泰國、越南都可觀的市場，銷路都很好，可賣三五千本[44]。那意味著馬華青年的抒情寫作，其實不乏華語文學的市場，以致海天社的前身檳榔文社，編輯了十五人合著的詩、文和小說合集《四月，我們》（1962），交由香港海鷗出版社出版，試圖以大陣仗打開局面。隔年香港崇明出版社也加入，接續出版了白荻、魯莽、傑倫等人合著的《牽牛籬》（1963）。若仔細評估這批青年文人受到出版社青睞的作品，都屬輕鬆、短小、易讀，沒有太多知識負擔的抒情詩文。林綠主編《祝福青春》恰恰看出核心的主題：青春戀歌、成長、夢想、憧憬、希望、城鄉感懷，內核的情感就是愛、真、美。集子裡收錄憂草作品最多，共十一篇作品，觸及的鄉土地域包括檳榔嶼、大山腳和太平，但都是輕愁和愛戀，無關地誌風土，恰如主題散文〈祝福青春〉結尾：「我們青春的歲月，是我們最光輝的時辰」[45]，有點近似「少年馬華」的頌歌。

　　然而，回看這批一九六〇年代初成功外銷的青年詩文和小說，到底在華語文學的閱讀人口裡，創造了馬華作家的曝光機會。尤其

---

[44] 馬漢：〈敬悼「青年文藝」的推手：林木海（慧適）先生〉，《文林雜憶（二集）》，頁158-159。

[45] 憂草：〈祝福青春〉，林綠主編《祝福青春》（香港：香港藝美圖書公司，1962），頁6。

憂草、慧適等人兼寫詩，合集往往是詩和文共存，一個文藝叢刊的組合，看到青年文人在文類之間遊走的文學感性。這些選集的聲勢，有點接近當年卞之琳、何其芳和李廣田共同合著的《漢園集》，三人也是一九六〇年代馬華青年作家創作的模仿對象。而抒情詩文藉由選集界面的操作，也更清晰看出彼此共享的鄉土抒情寫作的實踐模式。然而，這段時間並不長，大概就介於一九六一～六三之間。一九六四年就不見香港藝美圖書公司新馬叢書的出版業務了[46]。而一九六五年，蕭艾、憂草合著詩集《五月的星光》（1965），就回到海天出版。以上外銷的合集，雖不乏稚嫩的習作，多少有點類似鍾怡雯調侃無法積累的抒情文往往就成了「青春紀念品」。但青年作家把握出版的美好機會，如同林綠在《祝福青春》全書結尾：「好好把握你的青春，好好抓緊每一個明天」。[47]青春是共享的母題，抒情言志，無關國界，那是這群馬華青年作家的起手式，預見了往後他們走向的抒情實踐和轉折。

† 本文於二〇一八年三月十～十一日發表於「大山腳文學」國際研討會，日新獨中主辦，大山腳，日新獨中。

---

[46] 觀止：〈一九六四年的馬華文藝界〉，《文藝雜論二集》（星加坡：星洲書屋，1967），頁5。

[47] 林綠：〈島上書〉，林綠主編《祝福青春》，頁152。

誰的南洋？誰的中國？
──試論《拉子婦》的女性書寫與書寫位置

一、誰叫他有一個南洋？[1]

　　李永平於一九七六年在台灣出版了少作《拉子婦》。其相對於李永平後續在《吉陵春秋》、《海東青》、《朱鴒漫遊仙境》等作品所經營的「厚度」和「分量」而言，則明顯單薄的多[2]。然而，

---

[1] 林建國在論及李永平的漂流意識時，指出「誰叫他有一個南洋？」此句模擬自《拉子婦》中的「誰叫她是一個拉子」，並預示了他流離的宿命。參林建國，〈異形〉，《中外文學》第二十二卷第三期（1993 年 8 月），頁 73-91。

[2] 《吉陵春秋》、《海東青》、《朱鴒漫遊仙境》三部作品皆是三百頁以上的長篇小說，尤其《海東青》字典般的厚度更是壯觀。其中《吉陵春秋》跟另外兩部作品，其主題人物都有某種程度的呼應聯繫，且在美學形式和主題內涵上都有水準以上的操作和企圖。這相較於《拉子婦》只是由七個沒有直接關聯的短篇小說組成，其分量不言而喻。

《拉子婦》的單薄卻無損於其在李永平的創作歷程中，所佔據的重要位置。畢竟在李永平的歷史意識、美學實踐等議題上，《拉子婦》都提供了一個極有趣的參照。當評論者熱衷於拆解李永平的中國意識和原鄉圖像的同時，林建國和黃錦樹則提醒了我們李永平的南洋性。兩人在論及李永平時都不忘回溯《拉子婦》以求建立一個更合理的視域。然而，南洋性則不只是地理位置的問題，還是一個歷史時空的視野。如此，南洋性該如何定義呢？

於是，評論家們大張旗鼓的以《吉陵春秋》為切入點，分別展開了一場南洋性的探索和對話。這之中有著台灣學者對南洋的陌生與好奇，進而必須親身來一趟實地考察，並以照相存證[3]。而林建國也因著相同的南洋背景，開啟了另一種的紙上考據，拆解其中語言「命名」的過程[4]。然而，當文本的南洋變得越清晰，李永平的南洋性是否也變得明確？這恐怕不是簡單的邏輯推演就能了事。因為相較於《海東青》、《朱鴒漫遊仙境》中清晰可見的「中國」（中華民國），又或《吉陵春秋》中化為「紙上原鄉」[5]的南洋／

---

[3] 關於台灣學者對南洋的陌生，林建國在〈異形〉和〈為什麼馬華文學？〉中皆有論及。至於台灣學者到古晉探索吉陵小鎮，則可參鍾玲，〈我去過李永平的吉陵〉，《聯合報》，1993 年 1 月 17 日。

[4] 林建國，〈為什麼馬華文學？〉，《中外文學》第二十一卷第十期（1993 年 3 月），頁 100-101。

[5] 王德威教授視吉陵鎮為原鄉神話的特技表演，至少說明了南洋/中國的虛擬和想像特質。而李永平在原鄉傳統中的脫序演出，也正反映了他面對的書寫處境——誰的南洋？誰的中國？參王德威，〈原鄉神話的追逐者——沈從文、宋澤萊、莫言、李永平〉，收入氏著《想像中國的方法——歷史、小說、敘事》，

中國都可以是「解釋的結果」[6]，但《拉子婦》中明顯不過的南洋時空和大中國鄉愁糾結而成的南洋性／中國性又要如何定義？這對李永平後續作品中的意識型態有著什麼聯繫性的影響？相信這都是面對李永平不能不思考的問題。可惜台灣學者不是對此擦身而過，就是有所意識卻無深入分析[7]。故而，林建國才會質疑鍾玲「沒到過李永平的古晉」。因為《拉子婦》不在鍾玲的期待視域？還是《拉子婦》裡的中國已是異域？當鍾玲循著《吉陵春秋》脈絡中的象徵符號進行實地還原，她的期待視域竟是「古舊的中國」！這種異地思故國的模式彷彿有幾分「禮失求諸野」的味道。然而這種南洋性中尋訪中國性的經驗，卻也正是中國／台灣的中原心態閱讀。

　　但《拉子婦》設有太多的障礙，其中並沒有如此輕易被收編的中國。因為爾後李永平建構的「古舊中國」和「復國神話」都只是個「果」，《拉子婦》中南洋／中國糾葛的「因」才是關鍵。可見當鍾玲迷上敘事層上所經營的吉陵，卻不表示她有興趣探究李永平背後的中國或南洋。那種意識型態或精神分析式的拆解，恐怕需要

北京：三聯，1998，頁 225-247。

[6] 黃錦樹認為《吉陵春秋》中的南洋或中國並非直接可見，而是解釋的結果。參黃錦樹，〈在遺忘的國度——讀李永平《海東青（上卷）》〉，收入氏著《馬華文學：內在中國語言與文學史》，吉隆坡：華社資料研究中心，1996，頁 163。

[7] 大多台灣本土學者因對南洋歷史或南洋華僑史的陌生，故面對「支那」等詞彙也無法進一步分析。倒是王德威教授曾指出李永平的《拉子婦》的南洋寫作絕不僅於混雜混血的人際關係，可惜並無進一步的專文論述。參王德威，〈來自熱帶的行旅者〉，《中國時報・開卷》，1996 年 9 月 5 日。

更多的分析工具和背景知識。所以林建國才禁不住語帶調侃的奉勸
「觀光客務須止步」，因為「進得來不見得就出得去」[8]。畢竟
《拉子婦》中的南洋／中國都有著地域性色彩和麻煩的歷史情結，
這相較於《吉陵春秋》裡清晰可辨的美學公式都要來得複雜。所以
要處理《拉子婦》裡的中國性，必然要經過「南洋」的層次，而要
探究其南洋性則又有無法迴避的「中國」。其中移民、殖民、族裔
的背景都是《拉子婦》基本的時空框架，而華人移民的第一、第二
代所孕育的土地情感和鄉愁，以及現實的政治恐懼與政治冷感都是
《拉子婦》中南洋性的運作層次。至於相對南洋性而形成有趣張力
的中國性，倒是李永平有意識的文化中國操作。這之中除了「標準
中文」的語言問題[9]，還涉及李永平文化中國的政治想像。在大英
帝國與馬來政權交替的時刻，〈田露露〉中南來的大明帝國艦隊是
過度膨脹的中國鄉愁，也是文化中國／政治中國的具體圖像。流連
於港灣的田家瑛循著爺爺的視線，追懷先輩南來的路。那是血淚顛
沛的流離之路，卻也是宣耀國威的光輝之旅。然而，這聽來的古舊
中國還得附上一頁的「南洋紀聞」。中國寡婦山象徵異地的中華兒
女對祖國的堅貞和癡守。這是李永平為鄉愁尋求的最佳抒情形式。
隱約之中田家瑛透露的心事，也正是當地華僑（華僑要比華裔更契
合李永平的視野）在政治現實中的處境。一種再度被遺棄的落寞。
故而，不斷爬梳逃亡流離的南來之路，就是最現成的涕淚交零場

---

[8] 同注1。

[9] 林建國對這個問題有過討論，請參考注1，頁80-81。

景。加上日益緊張的族裔關係，二度漂流於焉展開。

　　《吉陵春秋》裡的古舊中國沒有歷史，《海東青》以後據守中華民國的同時，南洋僅是符號。所以只有在《拉子婦》的階段，其南洋性的操作才是李永平真切想像家國的基礎。不僅因為母親守在南洋的家園[10]，也因為複雜的南洋性才是李永平的中國啟蒙。然而，李永平的南洋到底是什麼？這似乎是文本外的問題。但回到文本的脈絡，卻仍是詮釋學視域中需要處理的對象。可是當我們讀到李永平寫給黃錦樹的私函中，提及新的寫作計畫時竟說道：

> 我一直想寫一部長篇小說，名字就叫《母親》，把她提昇
> 到「中國大地之母」的境界——我的中國，可是包括南洋
> 的哦！[11]

　　如此一來，我們就更加疑惑了。李永平是在他的中國景觀中經營南洋，還是藉由曾經的南洋背景來想像／歸返中國？這個問題在《吉陵春秋》、《海東青》、《朱鴒漫遊仙境》等作品都隱而不顯，因為南洋只是符號意義的出沒。可是一旦回到少作《拉子婦》就是個大問題。因為《拉子婦》中的南洋有著明顯的歷史位置，而這同時也是李永平書寫的歷史位置。當所有的中國都是聽來的時候，南洋經驗就是激發李永平想像中國的基礎。偏偏李永平的南洋經驗，卻是一幅政治動盪、社會不安的景象。他所意識到的種族問

---

[10] 黃錦樹和林建國都曾指出後期李永平的南洋只是探訪母親的故鄉，只有空洞的符號意義。

[11] 黃錦樹，〈流離的婆羅洲之子和他的母親、父親——論李永平的「文字修行」〉，《中外文學》第二十六卷第五期（1997 年 10 月），頁 136。

題，投映出的就是身分認同的危機。紛雜的人種、膚色、語言意味糾葛不清的社群權力結構。尤其當地中下層華人的邊緣處境使得他們唯一安全的身分認同和精神依靠就是那輾轉流傳的中國，不論是情感包袱的文化中國，抑或國共分野的政治中國[12]。因此想像中國成為他極度合理的視域。但也誠如黃錦樹所言「在『南洋』中徹底被遺忘的，是『馬來西亞』」[13]（或馬來亞），因為《拉子婦》的政治認同，是隱匿的書寫。他念茲在茲的只是那一則被遺棄的身世，不論是自中國或自南洋。所以李永平日後的歸返「中原」，就為尋找一份安定，一種出路。這樣的因果關係，至少說明了李永平無法迴避的南洋性。但同時也說明了出走以後再歸返所產生的陌異感。在〈支那人——圍城的母親〉中，寶哥隨母親逃亡以後又折返，突然對碼頭、母親、父母的照片都有了陌異感。其實寶哥的出走象徵「漂流身世」的回歸，而折返讓他轉換了眼光則意味他已從「本質」世界的高度來審視南洋身世的悲涼和無奈，因此有所感慨的說：

> 人老的時候，便都是這個樣子，分不出是拉子還是支那。
>
> （43）

---

[12] 早期南來的華人組織鄉會和宗祠、興學辦報、傳播文化，都在精神上歸附於文化中國，甚至後來國共鬥爭也影響了當地不同的政治中國取向。砂勞越華人就有不滿國民黨建立實力範圍而轉入地下成為砂共分子的情況。參 John M.Chin, *The Sarawak Chinese* (Kuala Lumpur: Oxford UP, 1981)，頁 111。

[13] 同注 6，頁 185。

　　分不出差異性的南洋拉子或支那，已經預示李永平日後以中國收編南洋的意圖。只不過本質的情感依舊，中國或南洋的歷史位置，終究都只是李永平的身世，一種被遺棄的漂流。

二、女性與政治

　　《拉子婦》的歷史背景主要處在一個殖民與移民的龐大社會結構中，而輪番搬演的就有拉子、支那、番人、砂共和英軍。除了緊張的政治關係，還有複雜的種族情結。然而，《拉子婦》中的七個短篇卻有六篇都以女性作爲書寫對象。李永平對女性甚多的著墨，其實代表著《拉子婦》的時空框架中關鍵性的兩個角色——支那女人和拉子婦。其中支那女人還可直接指向一個隱喻性的「母親」形象。試分述如下：

1. 支那母親

　　當《海東青》的靳五最終要回到南洋的理由，就爲探望母親，《拉子婦》中母親形象的重要性已不言而喻。儘管這樣的呼應，只可視爲文本脈絡外的聯想。但〈支那人——圍城的母親〉和〈黑鴉與太陽〉兩篇所經營的母親形象，都有著指標性的意義。圍城的母親，顧名思義已隱喻一個偉大、崇高的母親形象。在一個由漢人所開闢起來的城鎮被異族拉子包圍的時候，母親對家園的守護，已化身爲大地之母的象徵。一如黃錦樹所言，那是一種「土地的經驗，

人民記憶」[14]。事實上，母親的沉默寡言更象徵風雨前一個沉穩厚重的龐大背影。逃亡以前母親的冷靜讓一切都不動聲色，彷彿最沒情緒波動。但寶哥的視線總隨著母親的身影來觀察四周。母親彷彿就是家園唯一的意義。然而，母親所牽掛的卻又是帶不走的農作物和家畜，以及她看不懂卻珍惜的書。這些原始的土地經驗顯得分外重要，因為家的意義無法輕易離開土地。

　　事實上，寶哥的土地記憶總是緊緊聯繫著森林。因為市鎮的周遭都是森林，拉子的森林。被圍困的城鎮裡被遺棄的不只是支那人，連狗也一樣。荒棄的城帶有太多支那人的心事。然而，這一種遺棄感早已潛藏多年。當年從中國南來是因為走投無路，如今逃亡卻也是同樣的窘況。輾轉的漂流為李永平導引的，卻是一種回歸的渴望。所以當寶哥隨著母親將船划向不知盡頭的森林深處，卻在不能分辨方向的黑暗中，異常清楚的看見「河水渾黃的顏色，它顯得異常濃濁」（34）。這固然是寫實的南洋河水，卻也不禁令人聯想到彷彿一條南方的黃河在指引歸鄉之路。這種通向中原之路的想像，基本象徵戰後當地成長的華人的一種集體心理[15]。在一片困頓的身分／土地認同的處境中，天真地尋覓通往中原之路，就是一種

---

[14] 同注 11，頁 135。

[15] 這種華人集體的想像基本源自於當地成長的一輩對中國地理的無知和獨立前後大馬對「中國」的禁忌。因此當大部分華人在成長過程中都聽來的中國經驗時，在缺乏「中國」資訊的懵懂時期，一種天真的回歸之路也就隱然成形。這也出現在黃錦樹的得獎作品〈魚骸〉，以為游入沼澤深處就能通往中國。這基本上只是一種文化「尋根」，不一定就是「左翼」啟蒙。

漂流的背景。

　　然而，寶哥與母親的情感卻異常的緊密。母親的身影無時不將寶哥籠罩。逃亡的此刻，母親搖槳的風姿，彷彿就是帶領寶哥尋出路：

> 母親緊緊地握著槳，急速地搖著。她傾俯著上身，身體隨著手臂，一前一後急速地擺動著，胸脯也急速地在起伏。船急速行進中，她的衣襟和頭巾也飄拂起來。母親彷彿沉醉在搖船裡，在槳聲中，我聽母親喘息的聲音。（37）

　　然而，當出路仍是方向不可辨的一片黑暗和迷濛，母親卻又堅毅果斷地領著寶哥折返：

> 她微微地仰著頭，挺著堅實的肩膀，兩隻腳穩穩地踩在艙板上。她的手緊緊地握著槳，一前一後推著搖著，推著搖著，十分有節奏；胸脯也隨著船槳的擺動，一起一伏，十分勻稱。整個身體也在有節奏的擺動中。船在母親的操持下，也穩健得像一隻踱著方步的牛。（38）

　　母親前後的形象都是如此一致的穩重和堅毅，倒是隨著母親折返的寶哥卻有了異樣的眼光。當棧橋成了奇異的「大爬蟲的骨骸」（41），瘦長的母親「腰間開始粗大起來，走路的時候，也顯得沉重」（41），而再熟悉不過的家也在寶哥自己的眼光中發現「那邊牆上裂嘴露齒的女人，笑得更加放蕩；父親和母親的照片卻變得模糊起來」（44）。這種陌異的眼光源自於距離。逃亡、漂流所提供的距離。寶哥有了自己的眼光，才有所感慨地認為老拉子、支那人，甚至一條狗也是被遺棄的。而夢中的流血動亂，也預示了終究

不可避免的族群衝突。然而，老拉子的死卻也提示了被遺棄的人的生命處境。雖然母親最終守住了家園，但老拉子的血卻爲寶哥做了一番洗禮——人老時分不清拉子或支那。一種宿命的處境卻也是超越的可能。李永平的出走是不是也能往此追溯？

　　另外，在〈黑鴉與太陽〉裡的母親，則隱喻了更多的政治。當地華人慣性的政治冷感和政治恐懼，通篇明顯可見：

> 軍隊説是游擊隊就是游擊隊，不關咱們家的事。（69）
> 游擊隊說是線民就是線民，不關咱們家的事。（87）

　　母親的回答，除了是規避小孩要求的答案，更是不選擇立場下的立場。小說中的母親是忠貞的寡婦，卻又是剛強的女店家，一人張羅莊上的買賣事業。買賣的對象有英軍，也有游擊隊（砂共）。這種不選擇立場的兩面人，正是當地華人作爲政治弱勢在種族夾縫中的生存之道。其中的無可奈何和對於形勢的恐懼，都是一種複雜的心情。然而，母親一頭油光烏亮的黑髮混雜著花露油香的中國南方婦女形象，最終卻被馬來游擊隊給強姦了。箇中隱含的寓意，恐怕還是當地華人最現實的擔憂——中國性的失守。因爲「寡母—獨子」[16]一向都是李永平小說裡重要的人物結構。在亡父的傳統裡，寡母都因忠貞、堅毅而偉大、崇高。這是李永平最抒情的想像，也是最能包容自己漂流位置的依靠。因爲母親守住了家園，也守護了

---

[16] 關於李永平小說中的「寡母—獨子」結構，最初的討論可見曹淑娟，〈墮落的桃花源——論「吉陵春秋」的倫理秩序與精神意涵〉，《文訊》29 期，1987 年 4 月 10 日，頁 136-151。而後黃錦樹亦有精彩的分析，參注 11，頁 134-143。

記憶。

　　可是寡母終於遭到強暴，就是嚴重的失血現象。〈黑鴉與太陽〉中血影幢幢和聚集的黑鴉莫不衝擊著本已脆弱的華人的中國性。災異的預兆被黃錦樹視為華人妥協於異族語言的同時，所生的滅亡之感也可能是李永平所謂「象徵上的影射」[17]。這當然是一個相當合理的聯想，但可以進一步補充的是，作為一株失血的向日葵，李永平仰望中原所企圖召喚的，是一種失守的「純粹」。其實一如中國寡婦山的傳奇，忠貞和純潔不過是文化鄉愁最貼切的抒情姿態，故而「純粹」的追求在某個程度上是鄉愁層次的運作，但也有政治現實的基礎。因為「純粹」的中國性正是當地政治現實中，華人安身立命的精神寄託。華人作為政治弱勢，在混雜的族群關係中最需要一種主體的堅持。所以，當寡母失貞進而發瘋，在李永平的視野中就彷彿失去了一種主體堅持的合法性。因而小說中的敘事者最終也倒在寡母發瘋的槍響下，就好比一場「純粹」中國性崩解的祭典。可是，令人好奇的是，李永平在坦承筆下的支那寡母被強暴確實有其政治上的象徵的同時，卻以「政治敏感」而一筆帶過。這相對於李永平在民國七十六年毅然絕然地撇清與馬來西亞的關係[18]，似乎形成一個有趣的現象。當然李永平有權選擇自己的政

---

[17] 李永平致黃錦樹的私函中，也提及〈黑鴉與太陽〉中被強姦的母親有「象徵上的影射」。而黃錦樹則作了語言失守時興起滅亡之感的聯想。參注 11。

[18] 李永平在民國七十二年領到中華民國身分證的隔天，馬上宣誓放棄馬來西亞國籍。參邱妙津，〈李永平：我得把自己五花大綁之後才來寫政治〉，《新新聞週刊》1992 年 4 月 12 日，頁 66。

治認同，別人也無法置評。但放在文學的脈絡，李永平在事隔多年仍保有政治敏感的顧慮，就可看出他的「南洋性」並未根除。如此一來，他強烈的政治認同（中華民國）是爲自己的「文化中國」的建構工程尋找一個更合理的位置和視域？

　　只是從一種文化鄉愁下的抒情形式，過渡到一種文化中國的理性表述，《拉子婦》的歷史位置暴露了李永平曾經作爲一株失血的向日葵。他的仰望中原到底還是不是一種蒼涼／蒼白的姿態？爾後創作的《吉陵春秋》、《海東靑》、《朱鴒漫游仙境》已直接回答了這個問題。當「詩文」的雅傳統作爲必然的形式，李永平的語言「淨化」工程彷彿就在復歸盧卡奇眼中的史詩世界[19]。一個自足自樂的生命總體，就是一個完整無缺的中國景觀。那裡蘊藏中國古典神韻美學[20]，理所當然也是「大地之母」。那裡得以安頓中國人的根，也是中國性的絕世典範。如此一個「總體景觀」可類比於黃錦樹視爲隱喻的「母親」[21]。所以李永平的中國自然涵蓋了南洋，一個中國性岌岌可危的南洋，也是母親始終不願棄守的家園。在《拉子婦》中寫於較晚的〈黑鴉與太陽〉和〈老人和小碧〉就可見作者已在啓動「雅系統」的形式建構。而李永平似乎也意識到「漂流」

---

[19] 盧卡奇，《小說理論》，台北：唐山，1997。其中對於筆者甚多啟示的精闢討論可參，陳清僑，〈美感形式與小說的文類特性——從盧卡奇到巴赫汀〉，收入陳國球、王宏志、陳清僑主編，《書寫文學的過去——文學史的思考》，台北：麥田，1997，頁 211-249。

[20] 黃錦樹已指出這是李永平文字修行所追求的最高境界，參注 11，頁 129。

[21] 同注 11，頁 127。

的「生命」必須往「本質」趨近。其中〈老人和小碧〉甚至還抽離時空背景演繹小女孩無邪的純粹目光中所看見的人世腐敗與哀愁。然而當雅形式作爲中介，「本質」世界反倒透過小說中不斷上演的敗德母題所洞見的現實墮落和荒謬而形成一個高度，在審視度量「生命本質」的悲涼和虛妄。憑藉著敗德與救贖的公式，李永平意圖在宿命的身世把握「本質」以尋求復歸或超越的可能。這是他不斷提煉的美學實踐精神，也是他現實生活經驗中無法規避的歷史情結。

2. 支那女人

　　《拉子婦》中另外與政治牽上關係的支那女人，要數〈田露露〉中的田家瑛了。然而，田家瑛在煙火特別多的時刻反覆吟唱支那之歌，其文化追思的意味更勝於文化鄉愁。從爺爺口中聽來的中國充斥血淚，但她念念不忘的還是南來的「華工」（俗稱豬仔）辛酸且不人道的悲慘際遇。他們大多爲中國南方的貧苦農民，自然文盲居多。對照於爺爺是個中過鄉試的讀書人，她所承載的文化包袱異常沈重。這不純然只是上一代人的鄉愁，還是一個「文化中國」的延續與建構的使命。當落葉歸根成了爺爺那代人的共同懷抱，她這土生土長的一代又該如何安頓不斷被召喚且傳承的中國？先輩漂流的生命盡是被踐踏的尊嚴，而遊走於殖民上流社會的田家瑛則將面對降旗的大英帝國；李永平意圖在這關節點上呈現複雜的時代氛圍下華僑安身立命的境況，然而田家瑛在港灣以一種遙望的身姿，追思南來先輩的顛沛旅程，卻又循著爺爺的記憶來召喚大明

帝國艦隊。一種政治認同隱約產生。只是李永平為「政治中國」埋下的伏筆，在如此的時代框架中然有另一層的緊張關係需要拆解。當田家瑛已成一個堅持洋名的田露露，她的文化／政治鄉愁似在一個大問號中進行角力。一頁「南海記聞」固然爬梳了當地華僑「慎終追遠」的「根」，但中國寡婦山與大明帝國艦隊遙遙相望的抒情姿態中，現實的鄉愁不該被提煉得如此「純粹」。誠如林建國指出小說中的文化懷鄉、男女愛恨、異族情仇，政治恩怨等多重元素都充滿發展的可能[22]，但史詩般的開場與結束卻掩埋了其中的矛盾情結。鄉愁可以如此「光輝」，現實的生活經驗卻又有無數的妥協和容忍。就好比〈支那人——胡姬〉中老人的兒子和媳婦已跟紅毛人喝酒打羽毛球地過著上層社會的交際生活。當地上層華人的入鄉隨俗進而介入政治經濟的權力分享，恐怕還是一種「中國性」的拉鋸戰。儘管帝國主義多麼刺耳，南來之路如此血淚斑斑，田家瑛追思著爺爺，也即追思了那代人的漂流史。移民的第二、三代的中國想像就只能這樣產生了。

　　但有趣的是「支那女人」的「出位」卻另有思考的空間。田家瑛承載了爺爺的「歷史」與「記憶」，而之前所論述的寡母則堅毅地守護了家園和土地，二者的同質性都在於他們遞補了「亡父」的角色及責任。於是支那女人都各自開展了自己的舞台，肩負著「文化／政治中國」的使命。當目不識丁的母親將中文書如寶貝般的藏了起來（〈圍城的母親〉），而田家瑛反覆追憶爺爺「南海記聞」

---

[22] 同注1，頁80。

的遺稿，支那女人的發聲位置已凌駕於「父」而形成「母體」的意
義。對應於男人如此卑賤不堪的被「販賣豬仔」至南洋，「中國的
母親」恰如其分地撫慰了男人在異邦被踐踏的尊嚴。小說中的寡母
上承的「中國」意涵已不言而喻，其中至關緊要的還是寡母的堅
貞守住了中國的精神。而祖孫間的對話也將「父」給虛級化，其在
傳承的就是「母體般」的「中國」經驗。這樣的中國情懷大可置於
時代的視野下加以合理化。當辛亥革命的成功包含了無數海外華僑
的血淚和心力，「華僑爲革命之母」的神聖意義實已籠罩海外的華
人，且進入國民政府的政治性運作，如此一個「革命之母」的位
置，下放到生活經驗的脈絡自然就是一種歸返「文化／政治中國」
母體的精神感召。可是弔詭的另一面則在於將「支那女人」安放於
「革命之母」之列實在難掩其反諷的意味。海外的「革命之母」之
社會地位如此卑微和邊緣，「革命」對於「支那」而言未免沈重。
而李永平以「支那女人」作爲載體，除了向上提昇的抽象「母體」
意義，是否還有寫實的背景可以對應，看來頗堪玩味。早期落腳南
洋的華僑面對的是男女懸殊的人口比例。故而中國南方婦女就有以
「人貨」的方式被賣到南洋當妓女[23]。《吉陵春秋》萬福巷裡的
煙花「女兒國」大致也可放在這寫實層面對應。於是《拉子婦》中
寡母的崇高形象演變爲《吉陵春秋》裡沈淪受難的女性，就變得有
跡可尋了。從〈支那人──圍城的母親〉中寡母僅是守護著家園到
〈黑鴉與太陽〉寡母開始對外做生意的張羅生活，寡母的角色已完

---

[23] 參顏清湟，《新馬華人社會史》，北京：中國華僑，1991，頁 231-240。

整涵攝父親的責任和義務。然而當寡母被強暴進而發瘋持槍血崩性
的終結掉一切（終結敍述？），母親的崩毀彷彿就是大觀園的崩
毀。爾後受難女性不斷出現，敗德主題不斷上演，妓院中鴇母與妓
女的名義「養母─養女」關係替代了「寡母─獨子」結構，成了另
一個主要同舟共濟的生命共同體。這樣的置換讓滯留於《拉子婦》
的堅貞寡母提昇到「中國的母親」，而墮落的鴇母則演繹人世的荒
唐和慾望。這是《拉子婦》後「支那女人」的面貌，相互對比也就
顯示了「支那女人」作爲李永平筆下女性最初的原型，所必然釋放
出的崇高與殘敗的兩面現實。其實早在〈老人與小碧〉就已刻劃一
個敗德的母親和不斷被等待歸來的父親。當《拉子婦》之後的作品
明顯地回歸「中原」，李永平確實在尋找精神上的父親[24]。只不過
母體的召喚已由形式的「中介」加以延續，而現實面則在敗德母題
徘徊以更貼近生命／生活經驗。

3. 拉子女性

　　除了李永平筆下都有重要象徵意義的支那母親，《拉子婦》另
外也經營了一個拉子母親和拉子少婦。其實拉子女性帶有的地域色
彩，也真實呈現了當地族裔間的權力結構，〈拉子婦〉與〈支那人
──胡姬〉都反映了拉子女性訴不盡的淒苦心事。偏偏李永平將拉
子的命運寫入當地華人的家族結構，其中所彰顯的微妙權力關係，
就有相當發揮的空間。〈拉子婦〉中的拉子嬸年輕時在嘲謔與驚異

---

[24] 黃錦樹已提出這個論點。參注6，頁175。

的眼光中嫁入漢人家。然而懷孕生子以後迅速的老化，卻也成了其被遺棄的理由。可見拉子的宿命還是被建構在文明城市以外的森林。從後殖民的觀點來看，這之中確有層層的剝削機制可以大肆論述。然而，李永平的意圖恐怕不在於此[25]。當我們將視野放在「拉子與支那」的框架中，大家都是被蔑稱的異族。可是一旦置入「野種與純種」、「森林與城鎮」的視野中，李永平已在書寫一種純粹中國性的追求。因為「純粹中國性」的本質恐怕離不開「種」的血緣堅持，不論是宗族的「種」或民族的「種」。因而異族通婚，尤其與「是森林」的「野種」的結合，就是對中國性的倫理體系最大的挑戰[26]。儘管〈拉子婦〉中的拉子嬸成功嫁入漢人家，且還懷孕生子。但生下的混血兒卻始終只能是「她的孩子」。拉子的「天生賤種」源於大中國情結的視野。儘管海外華人都已身處異域，但中國性的堅守，始終有著強烈的排他性。故而，拉子最終的出路只能遣返森林。

相對於此，〈支那人──胡姬〉卻在性別的結構基礎上與〈拉子婦〉展開對話。〈支那人──胡姬〉中的年輕拉子女性在一片露

---

[25] 從經濟、性別、文化、教育等層面對應於當地殖民社會族裔間的政治階級權力結構來加以論述，確實可以有精彩的發揮。但循著李永平的歷史意識推移，其關懷的視野仍是「南洋」與「中國」的辯證。所以其在小說中架構的中國性始終如此純粹，卻又不忘突顯其矛盾。

[26] 這樣的思考脈絡早在近代中國就明顯可見。畢竟在近代中國的中西文化遭遇的情境中，循著「制夷─悉夷─師夷」思路建立起來的種族觀念就一直是中國性的堅持和妥協的過程。故而，中國漂洋過海落腳「番邦」，自然也有其中國性的堅持與矛盾。

光水光中，展示無比的生命力和性的誘惑。然而她終究只能是老樹上的胡姬，對著支那老人空消耗飽滿豐沛的生命活力。這也就是拉子女性面對支那男人的必然悲哀。拉子的山林生涯完全不在城鎮支那人的視域裡，卻又因著豐沛早熟的身體成了消耗的對象。可是一旦性的活力被榨取殆盡，沒有奢侈的保養妝扮的拉子女人，只能迅速衰老。森林是她們最大的天然蘊育本錢，卻也成了她們最大的致命傷。〈支那人──胡姬〉中拉子的情慾已由氾濫潤水變為纖細水流，終究也會漸趨乾枯。李永平關懷的是族群的矛盾，卻也是生存境遇的悲哀。阿平兄妹的些許同情與憐憫，在老來分不出支那與拉子的視野下，一切都已顯得微不足道。

三、小結

　　《拉子婦》的南洋書寫有著明確的歷史位置。這對於《拉子婦》之後的作品而言是最清楚不過的書寫起點。其中支那女人和拉子女性更是兩個充斥歷史意涵的重要切面。這當中有李永平無法規避的歷史情結，自然也有政治／文化的浪漫想像。只不過相對於李永平其他位處「中原」的作品，這個起跑點往往被輕易地跳過。但跳過的結果也就失去了完整的歷史圖像。因為在「父」的國度裡，「母親」仍不斷被召喚和趨近。在如此一個性別化處理的手術台上，越往內剖解則必然追蹤到南洋性和中國性混雜的基因。這是李永平為自己的書寫所選擇的歷史起點，也是其在《拉子婦》的歷史時空下正常的書寫位置。那裡的天地讓他釋放了南洋，也安頓了

中國。

　　至於他對女性角色的用力，從崩毀的母親以降的受難女性，都可以往回辯證其在南洋時空下的歷史意義和歷史想像。因為母親的「昇華」與「崩毀」在《拉子婦》中同等重要。而拉子婦的命運又何嘗不是投映出支那女人的宿命。於是，從《拉子婦》出走，李永平攜帶筆下受難的女性投奔「中國的母親」，而「南洋」則不斷地被懸擱和抽空。其實，支那女人的受難有其歷史寓意，而一切都源自於赤裸裸的政治現實。故而，族群衝突下的政治恐懼終於也在〈死城〉中的流血追殺與逃亡中展露無疑。只不過欠缺了明確的歷史指涉，卻佈滿流動的符碼。李永平的南洋記憶實已呼之欲出。結合母親形象的經營和歷史政治記憶，李永平於家國想像中的南洋與中國，還是清晰可辨的。

引用書目：

Chin, John M. *The Sarawak Chinese*. Kuala Lumpur: Oxford UP, 1981.

王德威。〈原鄉神話的追逐者——沈從文、宋澤萊、莫言、李永平〉，收入氏著《想像中國的方法——歷史、小說、敘事》。北京：三聯，1998。225-247。

——。〈來自熱帶的行旅者〉。《中國時報・開卷》，1996 年 9 月 5 日。

李永平。《拉子婦》。台北：華新，1976。

邱妙津。〈李永平：我得把自己五花大綁之後才來寫政治〉。《新新聞週

刊》（1992 年 4 月 12 日）：66。

林建國。〈爲什麼馬華文學？〉。《中外文學》第二十一卷第十期（1993
　　　年 3 月）：89-126。

──。〈異形〉。《中外文學》第二十二卷第三期（1993 年 8 月）：73-
　　　91。

曹淑娟。〈墮落的桃花源──論「吉陵春秋」的倫理秩序與精神意涵〉。
　　　《文訊》 29 期（1987 年 4 月 10 日）：136-151。

陳清僑。〈美感形式與小說的文類特性──從盧卡奇到巴赫汀〉。《書寫
　　　文學的過去──文學史的思考）。陳國球、王宏志、陳清僑編。
　　　台北：麥田，1997。211-249。

黃錦樹。〈流離的婆羅洲之子和他的母親、父親──論李永平的「文字修
　　　行」〉。《中外文學》第二十六卷第五期（1997 年 10 月）：119-
　　　146。

──。〈在遺忘的國度-讀李永平《海東青（上卷）》〉。收入氏著《馬
　　　華文學：內在中國語言與文學史》。吉隆坡：華社資料研究中
　　　心，1996，162-186。

盧卡奇。《小說理論》，台北：唐山，1997。

鍾　玲。〈我去過李永平的吉陵〉。《聯合報》， 1993 年 1 月 17 日。

顏清湟。《新馬華人社會史》，北京：中國華僑，1991。

† 本文發表於《中外文學》29 卷 4 期（2000 年 9 月），頁 139-154。

性、啟蒙與歷史債務：
李永平《大河盡頭》的創傷和敘事

一、前言

　　二十一世紀的第一個十年，兩位在台的馬華作家李永平（1947-2017）和張貴興（1956- ），分別交出足以奠定雨林敘事規模的代表作。張貴興在二○○○年出版了被視為他目前最好的作品《猴杯》，獲得中國時報文學獎推薦獎。隔年又出版《我思念中沈睡的南國公主》（2001），此書在二○○七年受到美國出版社青睞，還發行英譯本。而李永平的雨林書寫也不遑多讓。他最早以《拉子婦》（1976）深入婆羅洲雨林內部的原住民婦女和族群矛盾，算是第一位在台灣訴說雨林故事的馬華作者。中期作品雖轉向處理台灣都市和原鄉想像等景觀，但隨後出版的《雨雪霏霏》（2002）又回到婆羅洲地景，以懷情的自傳色彩開始寫作他的「婆羅洲三部曲」。直到二○○八年，李

永平再次寫出《大河盡頭‧上卷／溯流》，以繁複的雨林奇觀和成長故事，開展雨林書寫的大河敘事，被《亞洲週刊》選為全球十大華文小說。到了二○一○年《大河盡頭‧下卷／山》的出版，上下合集超過五十萬字的長篇鉅作，終於替磅礡氣勢卻又幽婉動人的雨林故事劃下句點。然而，這只是李永平「婆羅洲三部曲」之二，雨林敘事顯然意猶未盡，還有續集。

回顧這十年在台馬華文學的小說景觀，可以說從雨林開始，也從雨林結束，儼然一波雨林敘事的高潮。這幾本質量不錯的小說，似乎印證了雨林書寫已頗為壯觀成熟，大體也據實呈現了在台馬華文學的既定印象和基本面貌[1]。李永平和張貴興都是出身於英屬婆羅洲砂勞越（Sarawak）的馬華作家，先後移居和入籍台灣多年。其中張貴興在一九九○年代出版的《賽蓮之歌》（1992）、《頑皮家族》（1996）和《群象》（1998） 開始藉由系列雨林故事確立的風格和敘事類型，成功締造在台馬華文學的雨林標誌。這些描述婆羅洲雨林歷史、家族、成長和冒險故事的長短篇著作，既深化了馬華文學的國族寓言書寫和殖民、後殖民景觀，渲染豐富魅惑和斑駁的南洋色彩，同時形塑了更鮮明的雨林奇觀。儘管論者不乏異國情調的解讀，

---

[1] 陳大為在二○○一年一篇導讀馬華文學的文章裡，指出雨林對華文文學的讀者而言，已是馬華文學中的一個強勢圖像，成為「第三大馬印象」。就小說文類的閱讀和消費的既定格局而言，雨林印象藉由小說傳播勢所難免。詳陳大為，〈躍入隱喻的雨林：導讀當代馬華文學〉，《誠品好讀》第 13 期（2001 年 8 月），頁 32-34。

或是指責其對在地歷史的認識不足和迴避[2]，但仍無損於讀者對雨林
書寫的認識和著迷，並引起論者和創作者對雨林譜系的追索和填
補[3]。這說明雨林文學已成為一種現象，其具備的文學視域和能量更
值得注意，尤其當雨林書寫的翻譯，或電影改編，都已有明顯可見
的成果。[4]

　　但作為小說世界架構的雨林風景，「雨林」的文學魅力和文學效
應，對台灣文學而言，書寫的意義何在？在跨國離散的華語語系文

---

[2]　部分論述流於批評在馬（東馬）／在台的雨林書寫誰比較「真實」的言論，
則顯得偏狹和焦慮。關於雨林書寫的代表意義，及其引發爭端的來龍去脈和討
論，詳陳大為，〈當代馬華文學的三大板塊〉，《思考的圓周率：馬華文學的板塊
與空間書寫》（吉隆坡：大將，2006），頁58-63。沈慶旺，〈雨林文學的迴響：論
當代馬華散文的雨林書寫〉，陳大為、鍾怡雯、胡金倫編，《赤道回聲：馬華文
學讀本II》（台北：萬卷樓，2004），頁305-317。

[3]　關於雨林書寫引發的創作效應，詳鍾怡雯，〈憂鬱的浮雕：論當代馬華散文的
雨林書寫〉，陳大為、鍾怡雯、胡金倫編，《赤道回聲：馬華文學讀本II》，頁305-
317。鍾怡雯，〈砂華自然寫作的在地視野與美學建構〉，《馬華文學史與浪漫傳
統》（台北：萬卷樓，2009），頁203-243。近年由砂勞越作家提出的「書寫婆羅
洲」概念，既有砂勞越在地文學創作傳統的地緣關係，也可看作對在台雨林文
學熱潮的回應和批評式的迴響。詳田思，〈「書寫婆羅洲」vs砂華文學〉，《星洲
日報》2008年6月29日。

[4]　《我思念中沈睡的南國公主》已有英譯本（*My South Seas Sleeping Beauty: A
Tale of Memory and Longing* . New York : Columbia University Press. 2007）的出版，
《群象》則有日譯本《象の群れ》（京都：人文書院，2010）。二〇〇九年台灣
導演沈可尚以《賽蓮之歌》的電影改編獲得金馬創投的百萬首獎，電影將在二
〇一二年開拍。美國已有多本博士論文和學術論文以張貴興的雨林書寫為對象。

學脈絡裡，「雨林」彰顯的地域特色和敘事風格，放在兩岸三地的華
文書寫，或更大的華文文學接受圈內，凸顯的是離散華人的獨特文
學風貌，或作為「弱小文學」（minor literature）呈現的後殖民視野？
尤其台灣作為雨林書寫的重要生產地，馬華文學的學術研究成長最
快的地區[5]，雨林書寫以迥異的熱帶題材和複雜的群族故事，成功在
台灣的華文書寫版圖建立起風格獨特的標誌。那些發生在婆羅洲的
殖民政治、華人／異族的生存處境、雨林冒險和物種繁衍的生態，
既不同於台灣可見的鄉野傳奇寫作，亦不同於國共政治或兩岸大遷
徙的鄉愁書寫。婆羅洲的傳奇世界，像是一個從天而降的歷史地理
時空，在華語文學世界發生著微妙的變化和意義。

二、台灣的熱帶想像

　　事實上，這些述說南洋群島、婆羅洲雨林經驗的故事，對台灣
文學不算陌生。在台灣文學眾多文本中，依然可見跟熱帶牽連的歷
史創傷和記憶，包括日據戰爭時期龍瑛宗對南方戰場的熱情想像和
懷疑矛盾（〈死於南方〉（1942））。其中又以台籍日本兵的遭遇最為刻
骨銘心，如陳千武從印尼爪哇群島戰場歸來的親身自述（〈獵女犯〉
（1976））、黃春明的鄉土世界裡從南洋戰場歸來後瘋啞的台灣人

---

[5] 單以學位論文而言，這十年來涉及馬華文學寫作的碩博士論文有近二十本之
多，產量豐富。當然，這不能簡單理解為馬華文學的閱讀人口大量增加，而是
在過去十年蓬勃的台灣文學研究風潮中，「在台馬華文學」逐漸也成了研究對象
和議題。

（〈甘庚伯的黃昏〉（1971）），陳映真〈鄉村的教師〉（1960）、李喬的《寒夜三部曲》（1977-1979）都觸及太平洋戰爭中南洋戰場的線索。更多發生於南洋戰場的史實和口述歷史，證明了台灣文學裡有其自身的熱帶憂鬱，甚至熱帶創傷[6]。因此，李永平〈望鄉〉處理終身淪落婆羅洲不得返鄉的台灣慰安婦，不過是在台籍日本兵的戰場上，另闢一個台灣熱帶想像的脈絡。另外，更多遊記體裁和報導文學都從不同層面展開各自的熱帶經驗，諸如簡媜、陳列、焦桐、徐宗懋等人都有涉及雨林的文字。另外吳濁流《東南亞漫遊記》（1973），《濁流詩草》（1973）內的東南亞雜詠，都算是一脈相承的熱帶文學譜系。

　　如此說來，當我們重述在台馬華作家的雨林敘事，熱帶想像不僅僅是這些來自熱帶的文學尖兵的個人慾望，卻辨證性的對應上台灣文學領域內，那一條從戰前戰後鋪陳不甚完整的熱帶經驗和書寫。相較起來，馬華作家的雨林故事雖然說得華麗、魔幻，難掩傳奇色彩。但其跟台灣文學的關聯，恐怕不僅僅是雨林世界的後殖民經驗值得參照，更有趣的是兩地作者曾在遷徙路徑上疊合的傷痕與鄉愁，形成了我們討論馬華作家雨林敘事的張力。

　　歷來論者以李永平、張貴興小說為對象的雨林論述談得最多，也最為深刻[7]。其中原鄉、烏托邦、女性、罪惡、漫遊、中國性等等

---

[6]　李展平，《前進婆羅洲：台籍戰俘監視員》（台北：國史館台灣文獻館，2005）。關於此議題最近的文學書寫，可參考龍應台，《大江大海》（台北：天下文化，2009）。

[7]　關於李永平的評論可參考後續的篇目。至於張貴興的評論，黃錦樹、張錦忠都有重要的書評和論述。代表性的評論之一，可參黃錦樹，〈從個人的體驗到黑

主題的探索也多有見解，不必贅述。但其中一個面向還未充分論述展開：作為雨林敘事的關鍵環節，為何離散的主體意識總容易回到一個啟蒙的視點，一個成長故事意義下的雨林冒險、族裔衝突、家族史或砂共鬥爭脈絡的鋪陳？為何李永平、張貴興在一個跨國回顧的距離，婆羅洲的歷史慾望和個體啟蒙史才有可能？他們調動哪些部件來啟動雨林的敘事？僑生來歷，離散的主體位置，總是人事已非的故土和永遠錯過的時間，成為小說的潛在意識。李張二人探求婆羅洲的熱帶景觀，徘徊於拓殖、族群歷史和雨林奇觀的回顧和重整，彷彿越能回到原初，回到一個南洋時間追蹤婆羅洲的變遷，「書寫婆羅洲」才能印證個體寫作的意義。如此一來，我們可以追問，馬華文學／台灣文學裡，以「雨林」的冒險或成長故事形成的「感覺結構」（structure of feeling）和「文學地景」（literature landscape）到底是怎麼一回事？可能在台灣文學場域內產生什麼意義？我們如何理解這些迥異於兩岸三地的熱帶敘事？

　　恰恰這些提問，在李永平身上尤其有著關鍵意義。至今為止，李永平在台灣書寫婆羅洲的三部作品《拉子婦》、《雨雪霏霏》、《大河盡頭》，敘述主角和敘述時間都回到青春期或青少年時期。除了可以對應作者離鄉來台的自傳性背景，但作為小說的敘事視角，〈拉子婦〉的阿平兄妹，〈圍城的母親〉裡的寶哥，《雨雪霏霏》懺悔的童年，直到《大河盡頭》少年永的溯河旅程，這些青少年視野

暗之心：論張貴興的雨林三部曲及大馬華人的自我理解〉，《謊言和真理的技藝》（台北：麥田，2003），頁 263-276。

下的婆羅洲故事或記事，越來越推向一個啟蒙意義和自我成長的雨林體驗，以原始蠻荒地表上的奇觀和歷史事件，替自己的敘事動機和來歷附著意義。

　　事實上，從《海東青》、《朱鴒漫遊仙境》以來，李永平小說敘事的基本底蘊經已成形，那藉由文字釋放的慾望，那說故事者的角色，李永平操作嫻熟，尤其在標榜自傳色彩的婆羅洲書寫中，最能發揮功效。朱鴒以純粹又世故的小女孩走進李永平的小說世界，尤其成為《雨雪霏霏》裡傾聽李永平婆羅洲童年記事的關鍵角色，扮演「靈媒」，不可或缺的召喚故事的媒介。婆羅洲，或雨林故事體的「傾訴—聆聽」結構已再清晰不過[8]。在新作《大河盡頭》裡，朱鴒更成為故事進行的關鍵中介，以領路鳥的姿態，在溯河之旅中引導出不同人物的譜系和發展，以隨意被調度的「傾聽」角色介入敘事，讓作者抒情的慾望更為飽滿。

　　《大河盡頭》大概可以看作李永平頗具企圖心的自傳性書寫。單從小說字數和文字的華麗展演而言，已屬華文世界裡目前最大部頭，也頗具看頭的雨林書寫。李永平一改過往聚焦婆羅洲砂勞越故鄉古晉的寫作，將故事發展的地點轉向印尼加里曼丹省，西婆羅洲的坤甸，作為十五歲少年「永」（自傳性不言而喻？[9]）的啟蒙之旅。雨林仍作為故事體的有效背景，敘事轉向少年永跟一位住在坤甸與

---

[8]　張錦忠，〈南洋少年的奇幻之旅〉，《中國時報》2008 年 7 月 13 日。

[9]　李永平在接受中國時報好書獎的錄影訪談時提及，他的婆羅洲大河之旅是在 5 月，小說設計在 8 月（農曆七月）。言下之意，故事背後有一個真實的「旅程」。http://blog.chinatimes.com/openbook/archive/2009/01/09/366663.html

自己父親相熟的卅八歲荷蘭女子克絲婷，沿著流經大部分西婆羅洲地表的卡斯雅布江（Kapuas River）溯流而上，最後登上河流的發源地——聖山峇都帝坂（Batu Tiban），完成少年永的成長之旅。兩人開始以姑姪相稱，最後關係越趨曖昧。他們加入一群由白人組成的探險隊，在雨林溯流的歷程遭逢不少鬼事奇遇，以及情慾糾葛。「大河盡頭」因此可以具體化為地景的象徵，一條橫跨「蘭芳大總制」疆域的大河，恰似小說著力刻畫的華人勞動移民落腳、發跡，甚至籌組公司（Kongsi）制度的土地命脈，寓意了華人移民的生命紋路。溯流到大河的「盡頭」卻是回到了起點，以大河見證過的拓殖、暴力、傷痕，回應婆羅洲大地需要的「重生」和「養息」。那也是李永平選擇回顧南洋華人移民史的文學視角。

　　《大河盡頭》因此回應了我們對雨林書寫預設的提問。本文試圖從以下兩個部分觀察，一個成長或啟蒙的視點，如何調動可能的敘事部件，構成雨林書寫的特殊視域，以及李永平藉由「文字」重生的重要特徵：

　　一、奇幻的時空體如何覆蓋為雨林的敘事，讓雨林變得可能，展現和召喚一個原始又傷痕累累的婆羅洲世界。

　　二、個人在性和情慾的啟蒙，構成了李永平思考歷史債務的原始場景。透過對性和成長的歷程描述，力比多衝動似已化成歷史傷痕中難以釋懷的債務，構成不可自抑的抒情動力。

　　換言之，《大河盡頭》可以看作李永平選擇在一個傾訴和聆聽的過程裡抽離原初的罪惡，撫平創傷；或更辨證性的說明他必須藉由故事體回到創傷的原址，透過故事擁有婆羅洲，找到自己寫作的

存有意義。創傷的書寫視為歷史症狀的賦形，既是療癒，亦屬創造「記憶現場」，大河的溯源因而是敘事必要的開展。

三、看得見的雨林：異族、旅程和奇幻時空體

對李永平而言，在六十餘歲，定居台灣四十餘年之際，寫作一部定調在十五歲青春期少年為主角的成長和探險故事，輔以勾勒婆羅洲雨林複雜的歷史和文化世界，兩巨冊的《大河盡頭》已可看作作者近年少見的力作。作者在小說的上下卷，分別以長序陳述了寫作動機和歷程，並以「招魂」和「緣是何物」為題，叩問李永平長期設定的小說聆聽者——朱鴒。作為招引而來的「靈」，朱鴒的「魂兮歸來」意味著作者述說往事，說故事的意圖已不言而喻。相對於前作《雨雪霏霏》的懺情，作者召喚記憶／原鄉的姿態更為積極，這種強烈的抒情和敘事慾望特別引人注目[10]。小說選擇一個青春的起點，卻置入歷史的視域，除了是回顧作者自身的青春情懷，似乎也注定《大河盡頭》處理的雨林體驗，已是一個離散在雨林之外的特殊位置。

如果離散的現實脈絡是李永平離鄉赴台，移居入籍，選擇不再

---

[10] 有趣的是，隔了兩年《大河盡頭》（2012）作為李永平首次在大陸出版的小說，作者以一篇〈致「祖國讀者」〉將自己的寫作來歷細說從頭，小說裡的「永」已幾近等同現實的作者，似乎怕初次接觸的大陸讀者誤讀或無法進入他的小說世界。而作者說明朱鴒是小繆斯，就是自傳性寫作中唯一的忠實聽眾。作者的「和盤托出」令人有些意外，但也印證了作者言說和抒情的衝動如此強烈。

返鄉歸根；那麼小說內的主角少年永從砂勞越古晉來到印尼國境內的坤甸，沿著卡斯雅布江的溯流探險，宣稱這一趟出門遠行就是走向一輩子最關鍵的成長旅途，無異暗示著作者對回歸的衝動／出走的開始的循環辨證。這兩種姿態的陳述，已不自覺成為作者自身歷史的一部分，或是雨林書寫中必然的型態。少年時期離開婆羅洲後的執念，最終構成李永平透過書寫回顧鄉愁、內心原鄉憧憬的轉化。從《雨雪霏霏》到《大河盡頭》，這兩部曲的婆羅洲故事，構成我們檢視李永平面對婆羅洲的激情，卻也指向出走的矛盾。似乎藉由地理的距離和離開，婆羅洲的回歸和敘事才變得可能。以致李永平在小說裡陳述的「罪疚」和「追尋」，構成往事追憶最動人的歸返。

　　《大河盡頭》寫的是溯流旅程，但李永平告訴我們，現實中的寫作，也是在台北─花蓮每週通勤的火車上完成。寫作是作者執教於花蓮東華大學時期北東往返的車程，動線從花蓮到台北，再轉乘捷運回到淡水住處。作者自述有著中央山脈的日月精華，有觀音山的飄渺凝視，作者甚至認為最好的章節都在流動的往返火車線上完成，以致讓整體書寫印證了最寫實的離散流動，卻同時辨證性的提供我們思考熱帶書寫的在地特質。

　　回憶翻轉在婆羅洲的地表上，這種跨地域的追尋和回憶，映襯著流動書寫的多重性。小說裡彰顯著一種強烈的抒情慾望。兩卷的序文分別以流行歌曲〈夢田〉和宜蘭民謠〈丟丟銅仔〉訴衷情，小說內文更處處迴盪女鬼和女主角幽幽吟唱的地方歌謠。李永平熱愛以歌曲作為敘事的「聲音」，這在之前的多部作品已不陌生。歌謠的貫穿最能表達抒情誘惑的衝動，最為悠揚，卻又致命性地攝取心魂，

蘊積著敘事的內在張力。這就像作者自比於康拉德的寫作企圖，要以「蘇丹後宮的阿拉伯舞孃」般的漢字，構成一個「看到」的赤道雨林。我們因此可以追問：雨林該如何被「看到」？「看到」什麼？我們至少可以從幾個部件的調動，理解「看得見的雨林」如何成為離散主體的誘惑。[11]

（一）、奇幻時空體

　　嚴格說來，李永平新作《大河盡頭》大概是目前可見的雨林敘事中，較少閱讀障礙的作品。儘管小說背景拉到一般讀者更不熟悉的印尼加里曼丹省的坤甸，婆羅洲更深邃的雨林心臟。但主要的雨林黑暗歷史，原住民傳說和文化特色，甚至人物傳奇和苦難遭遇，作者設計的故事體敘事方式幾乎作了詳盡交代，甚至連人物的傷痕苦痛經歷也再三讓症狀顯現，循環交錯。小說因此有著飽滿的故事戲劇張力，但也少了複雜隱藏的寓意。無論伊班族或達雅克族的生活，其民俗展示和神秘性仍帶著異國情調的書寫魅力，小說設定的性啟蒙、成長、某種象徵生命源頭的追尋，成為故事主角少年永的

---

[11] 黃錦樹對《大河盡頭》上卷所做的觀察，同樣提出作者到底「讓什麼變得可見」，並指出小說中的旅程敘事已是「歷史的後見之明」。他從父親認同、語言、自己的幽靈和意識型態奇觀等幾個部分論證小說裡許多思路和李永平其他著作重複，並認為小說視域受到奇觀想像的限制。本文部分概念延續黃的討論。詳黃錦樹，〈最後的戰役：金枝芒與李永平〉，發表於「東亞移動敘事：帝國・女性・族群」國際研討會，國立中興大學台灣文學研究所主辦，台中：國立中興大學，2008 年 11 月 8-9 日。

唯一執念。小說唯一難處，可能只剩馬來語音譯的辭彙。但也是重複出現的句式，或問候句，無關緊要，或直接在下一句對話語境以漢語語意再表達一次。作者設想如此周到，面對更多非馬華或砂華背景的台灣和境外讀者，似乎有意引導讀者進入一個更清晰的雨林世界，所有探險和追尋，不需事先儲備太多在地知識，仍然可以隨著故事完成少年永的成長旅程。

於是，一個奇幻色彩濃重的時空體，覆蓋為雨林世界的全部。這當中調動雨林書寫中常見的敘事部件，以不同場景和事件立體地呈現出雨林的詭異、浪漫和創傷。以下我們試著解讀幾個重要的敘事場景和事件，以及作為「奇觀」展示的可能時空體意義。

1. 長屋－盛宴－失樂園

小說描述的長屋經驗，特別體現在兩個不同層次的場景。第一次最喧嘩動人的長屋體驗是魯馬加央長屋。那是伊班族矗立在河岸的長屋，婆羅洲原住民的另一支大族群。這次的長屋盛宴共有兩場次的重要表演。一次是八十歲老屋主伊班戰士的獵人頭舞，另一次則是剛成立的加里曼丹省政府的司法顧問，被原住民孩童稱為「爸爸」的澳西峇爸神乎其技的魔術秀。兩場表演的虛幻和神秘氣息，恰恰讓西方和土著文化的遭遇有了一次微妙的展示，頗有嘉年華的意味。澳西峇爸受到伊班小孩和探險隊女伴們的熱烈歡迎，相對長屋屋主的獵人頭舞，荒誕且自我陶醉的神態，隱約對照出窺探雨林內部存在的視域落差。長屋懸掛的荷蘭軍官、砂共女領袖的人頭，長老手上刻印的代表獵人頭數字的星星圖像，凶險英勇的歷史往事

化為詭魅意象，全點綴為奇幻、神秘且狂歡的長屋時光。作者對長屋盛宴的處理似有種番西對決的意味。外來探險者的獵奇目光，原住民獵人頭的傳統習俗，兩者一旦置入娛樂和表演層次，怪誕離奇發揮極致。探險隊的歡樂旅程遭遇的一幕幕關於原住民戰役－－伊班人和荷蘭人的戰鬥史、土著的文化和肉體的展示，既有白人冒險隊營造的異國情調，又回顧了伊班族的獵人頭文化。小說凸顯了長屋「可參觀性」特質，在奇幻神秘的展示形式裡，為婆羅洲張揚了一幅人類學意義的景觀。

　　但長屋不僅是突出其「被參觀」的文化效果，長屋外隱藏的鬼影（被白人遺棄難產而死的伊班少婦阿依曼），聲聲嘆息，似已埋下殺機。澳西峇爸長年遊走在各部落長屋，替原住民解決法律問題之際，背地裡騙取和獵奪伊班幼女童貞的獸行，一如伊班戰士獵人頭般充滿原始慾望的衝動。長屋盛宴背後是赤裸裸性的征伐，小說以長屋地景凸顯了原住民文化的英勇神秘傳統，卻又難掩其在內外世界的對照下，自身的弱勢和不由自主淪陷在文明的侵略當中。性成了交易經濟。

　　另一場長屋的體驗，當屬進入桃花源般的峇雅人的村落「浪‧阿爾卡迪亞」。作者以新桃花源記作為引子，置於雨林內部雖顯得突兀，卻也彰顯出敘事者的主體慾望。他意圖追尋一個平實又安穩的世外聚落，然而世外桃源終究是已玷污的村莊。闖入桃花源而定居下來的西班牙神父，成了罪惡的推手。村里被播下野種的少女，竟是神父以上帝之名行邪惡之實。桃花源部落已趨近危險的陷落，而長屋長老彭古魯卻是堅毅傳奇的壯遊者，最後一次壯遊竟背上巨

大的粉紅梳妝台送給長屋等待的妻子。粉紅梳妝台象徵青春愛情的美好，走入深山荒野，映照的卻是早熟瓜落被播下野種的原住民少女。長屋在一個詭異氛圍中設計了必然的墮落和崩毀。一個長屋生態的創傷原址，原罪根源。這是婆羅洲土著文化展示的場所化（placed），傷痕與記憶被銘刻於物質性的長屋，作為雨林世界的重要現場。

2. 狂歡事件簿

作為一則雨林探險故事，小說免不了經營了幾次典型的狂歡時光。除了支那少年永，一群由各路人馬組成的白人探險隊的雨林大河溯源之旅，也是一趟聲色犬馬之旅。在航程開始之初，農曆七月鬼門大開之際，在卡布雅斯河中下游的桑高鎮（Sanggau），華人大肆慶祝鬼月鬼門大開的華麗秀場表演，人的慶典，鬼的狂歡，人鬼雜處已是小說開場布下的陰森氛圍。小說後續出沒的幽魂，既顯得合理，又讓雨林敘事處在亢奮昂揚的狀態。尤其夜半曲終人散，這群白人男女，選擇夜遊到木瓜園，赤身裸體進行性轟趴，一群「番鬼」的狂歡，讓鬼月雨林增添無限情色風光，這驚駭的一幕看在少年永的眼中，已是性啟蒙的臨界點，卻由此闖入了性的禁區。小說後續安排伊班屋長表演獵人頭舞，北歐孿生兄弟對伊班婦女美色的垂涎，尾隨狎玩，暴力的殺戮和性的消費並置為長屋的特殊情調，集神秘和淫猥於一體。在擱淺拋錨的船上，一群白人男女無聊之際，模仿伊班獵頭舞、祭神舞的儀式，在卡布雅斯河上狂歡作樂，原具有人類學意義的民族習俗和儀式，頓時成了一種表演，一群烏合之眾的

探險客的嬉戲。作者前後出入的調侃和冷眼旁觀的眼光，替這趟旅程增添了一絲懺悔的情調，似乎報應就在後頭。於是，一群白人男性先後遭遇自稱「婆羅洲解放組織」成員的原住民畢嗨報復性的戲弄，在每個男人的生殖器種下「蓖榔」，替他們裝下原住民的性裝飾，甚至把從前白人帶到原住民聚落散播的梅毒病毒，還諸其身放到這群無端闖入的白人男性身上。甚至最後少年永進入到雨林深處一座戰時日軍俱樂部改裝的旅社，著魔似的揮舞著日本武士刀，模仿日軍淫威，幾乎強暴了日本侍女。如此怪誕離奇的雨林狂歡時空，遍布性的激情和侵略。十五歲少年永的大河探險之旅，其實是性的啟蒙和誘惑，甚至是一場性的征伐之旅（回應了《拉子婦》多篇小說隱藏在原住民世界內的性的誘惑和獵伐），呼應雨林的物種生態和傷痕。

3. 奇幻意象群：人、物件、境地和傳說

雨林故事既然由一條卡布雅斯河開始，河和河的兩岸構成了一個最有效的奇幻意象展示地。從長屋、聚落，到搬演的狂歡事件，銘刻了雨林奇幻時空展示的多元寓意。而更離奇怪誕的意象群，扣緊河的旅程的神秘感，賦予了雨林探險的幽暗和不可測。在雨林的一場赤道暴雨過後，小說輪番展示了稀奇古怪被沖刷而來的漂流物：漂流的墓場（歐洲墓園、華人義山、日人公墓）、博物館白人館長的水上行宮、動物浮屍、懸掛叢林的人體、歐洲人的全家福相簿等等。怪誕的雜物，稀奇古怪的想像一併出沒在大河上，彷彿水上垃圾場或墳場，承載著婆羅洲地表上發生的交歡、殺戮、濫墾，殖民，埋

骨，無所不在的墮落和破壞，探究著文明與原始的拉據。山洪，大自然以其力量作了一次自動汰換和清洗，也是敘事機制上一次飽滿的意象展演高潮。

另外，小說營造神秘的境地聖山象徵著旅程的歸宿，讓神秘的部落傳說：農曆七月月圓之時，將會看到大批載著生魂和亡靈的溯河空舟。這替少年永和姑姑克絲婷登山的終極目標，賦予最奇幻的視野。溯流的靈，和少年永的成長儀式在此結合，替小說補上深刻的雨林寓意——死亡和回歸的母題。而環繞聖山傳說的湖泊，從難產死亡婦女歸返的血湖、早夭孩童安居的登由拉鹿湖，婦孺的傷痕構成超自然的傳說和想像地理。小說的雨林世界在生態和歷史之外，承載著更多神話、宗教的異質想像，竭盡展示奇觀視野，清晰且斑駁。

至於小說輪番上陣的傳奇人物，砂勞越博物館的白人館長、長屋屋長彭布海的獵人頭事蹟、背著粉紅色梳妝台行腳返鄉的肯雅族長老、荒野行腳或雨林出沒無蹤的部落男子，來自澳洲的加里曼丹省政府司法事務顧問澳西峇爸，甚至那些遊魂幽靈，形塑了在雨林劇場先後登場的人種、族群，以及醜陋不堪的歷史體驗，揮發著雨林的巨大能量。

有別于張貴興在雨林敘事裡經營詩意、飽滿的動植物意象，李永平的雨林奇幻世界所調動的部件，更趨向神話、傳奇，以及異域風土的書寫特色，其竭盡奇觀、異域情調之可能的書寫，替婆羅洲龐大的地表架起了另一種敘事的可能，開啟特殊的雨林時空體，展開一個文字慾望和經驗世界交錯的溯源之旅。這當中訴說著無法歸

鄉魂斷雨林的歐洲人傳奇、客家人的拓荒、日本戰死異域的冤魂，以及大量墮落風塵、自殺、早夭的原住民少女和嬰孩。李永平為讀者展示雨林的奇觀世界，面對聖山大河的探險歷程，他儼然是朝聖者，同時也是超越時光的旅者，在雨林之外以文字著墨渲染一個揣想返鄉的支那少年，在婆羅洲土地上的踟躕和追尋。雨林的時空記憶和婆羅洲之子儼然貼合，構成一種「文化身分」的誘惑，成為離散主體的潛在意識。

（二）、異族、旅程和回歸

　　關於《大河盡頭》的故事特點，人物關係的組成特別有趣。故事的主線主要環繞在十五歲的支那少年永和卅八歲的荷蘭熟女克絲婷的探險旅程。他們從坤甸出發，溯流往聖山前進，途中經過桑高、新唐等重要城鎮，然後在原始聚落經歷了各種不可思議的奇遇，最終以朝聖者的大願，執意在農曆七月十五的月圓之時，登上聖山峇都帝坂，見證小說最早設下的寓言般的箴言：「生命的源頭……不就是一堆石頭、交媾和死亡。」

　　故事設定的高潮時間點是七月十五的月圓之夜，登上聖山峇都帝坂，除了見證月圓之下的婆羅洲視景，更重要的是完成克絲婷答應回報永父親的恩情，以溯流完成少年永的成年儀式。從文明城鎮走入蠻荒雨林，「婆羅洲之子」李永平似有意設計一個回到原初故土的象徵性旅程，以坤甸為鬼域的起點，模擬一個群鬼狂歡的季節，展開各種陰森、幽暗和神秘敘事的可能。書中替小說設定的旅程時間做了另一個重要的說明：農曆七月正是陽曆八月，當年在日本發

生的原爆，導致日軍投降二戰結束。戰爭浩劫留下的創傷後遺症，戰敗死在雨林的軍魂，可怕的歷史債務選在一趟婆羅洲大河旅程盡數釋放。

坤甸的地名 Pontianak 單從馬來語語義解釋，指的是懷孕死亡、充滿怨念的女鬼[12]，似已對應李永平意圖深入婆羅洲心臟探險的寫作氛圍，陰森恐怖的鬼域，遍佈殺戮和冤魂的黑暗森林。坤甸以 Pontianak 命名始於何時，不得而知。但婆羅洲及印尼群島普遍盛傳著 Pontianak 的女鬼故事和傳說，或許印證了這片土地長久存在的傷痕，墾伐、殖民、戰爭，尤其原住民遭遇的怨氣和傷害。但此地同樣有著華人在婆羅洲拓荒的悠久歷史。早在十六世紀中葉，客家人羅芳伯渡海南來，在此採集金礦，組蘭芳公司。一七九〇～一八二〇年更有大批南來苦力到西婆羅洲一帶採集金礦，形成了三家主要的華人採礦「公司」。這些公司隨著組織擴大，領袖也經由選舉更替產生（有的公司每四個月選舉一次），在社會學家眼中頗有「鄉村共和體制」（village republics）的規模[13]。其時蘭芳公司的勢力和管轄也開始壯大，已超越當地土著蘇丹的管理範圍，後人有一說法認為蘭芳

---

[12] 李永平在小說裡稱「龐蒂亞娜克」（Pontianak）為女吸血鬼，應是誤稱。但描述遊魂阿依曼、馬利亞出沒的氛圍：響在耳邊的低聲嘆息、懷抱嬰孩，先出聲音，再現鬼影等等，都符合民間傳說懷孕死亡的冤魂形象。

[13] Mary Somers Heidhues, Golddiggers, *Farmers, and Traders in the "Chinese Districts" of West Kalimantan, Indonesia.* Ithaca, New York: Southeast Asia Program Publication, Cornell University. 2003.pp54-68.關於「公司」的組織、運作和發展歷程，可參考該書的討論。

公司在當時已有蘭芳大總制的稱號，儼然已是完整主權的蘭芳共和國的規模[14]。荷蘭人在十七世紀初組織荷蘭東印度公司，開始經營南洋群島。一八八四年併吞了蘭芳大總制的控制版圖，而在一九〇五年東南和西部婆羅洲全歸荷蘭統治。

　　事實上，蘭芳公司的領袖通常在位多年，繼承者也有子嗣和近親，稱不上有選舉領袖的「民主特質」。因此蘭芳公司只可視為當地從事採礦業的華人管理機構，同時對外處理貿易，對內處理華人內部的犯罪事件[15]。但「蘭芳共和國」之名卻成了當地華人流傳的重要移民事蹟，在南來拓荒史的意義自然非同凡響。由此對照砂勞越的古晉，其時要到十九世紀末、二十世紀初福州人到砂勞越才開始他們的墾荒史。但華人南來坤甸採金甚早，組織公司展現華人在蠻荒拓殖的經濟勢力和獨立性，甚至前後跟荷蘭東印度公司發生了數次「公司紛爭」（kongsi wars），最終導致公司的瓦解。儘管坤甸的華人人口遠比達雅族人和馬來人少，但卻有著華人發跡的輝煌歷史。李永平此番將婆羅洲紀事選擇跟故鄉古晉結為姊妹市的印尼加里曼丹省（Kalimantan）坤甸，除了回應十五歲少年的青春溯流旅程，似

---

[14] 羅芳伯建立「蘭芳共和國」之說法，可參考羅香林，《西婆羅洲羅芳伯等所建共和國考》（香港：中國學社，1961）的第四、五章。

[15] 關於羅芳伯在坤甸的歷史事蹟，史籍記載並不詳盡。但學者普遍認為將蘭芳公司體制視為建立共和國，乃歷來誇大的說法。事實上那不過是具有獨立管理華人內部事務和處理對外關係的公司機構。詳溫廣益等編著，《印度尼西亞華僑史》（北京：海洋，1985），頁 114-119。高延（J.J.M.De Groot）著，袁冰凌譯，《婆羅洲華人公司制度》（台北：中央研究院近代史研究所，1996）。

乎也意味著回到了婆羅洲更早的華人南來拓荒地點。以致小說深入的雨林心臟，亦如深入華人在雨林拓荒的歷史時間。雖然小說設定的旅程時間是一九六二年，但南洋拓殖史的血淚和傷痕，已藏身為成長啟蒙故事的背景。（雖然小說迴避了華人拓荒的遺跡和債務）

　　這些在地歷史的回顧，試圖替雨林故事發生的場所，找到作者「回歸原鄉」的歷史元素。小說裡的紅色城鎮「新唐」（Sintang），那裡有著原住民妓寮和日本殖民時期的慰安所，似幻似真，架設了小說人物邁入雨林深處前必然歷經的墮落之城。少年永在這裡追尋偶遇的普南族少女，卻驚見不少原住民女孩已成站街攬客的雛妓。他夢中無邪的普南少女，已不知所蹤。克絲婷更被迫重新回憶在此日軍集中營慘遭蹂躪的兩年歲月。二人有著難以面對的失落和創傷，遂脫隊逃離這荒誕之城，開始了二人的親密旅程。從文明的陷落，逐漸走向原始的潰敗，李永平一往情深的大河追尋，處處是歷史魅影。作者一改慣譯的「新當」，將此城鎮改譯為「新唐」，似可看作指涉蘭芳大總制當年的統轄區域（史籍記載蘭芳歷任總長均稱大唐總長）[16]。作為華人最初在婆羅洲拓荒開墾的遺跡，李永平不正面處理政治或歷史，卻選擇在雨林邊緣釋放個體承載的沈重歷史情懷。

　　同樣一反雨林敘事裡常見的華人移民史、家族史或生存境遇的描述，《大河盡頭》更集中呈現異族深耕和橫行於婆羅洲的景觀。除了支那少年永的漢人視角，其餘出現在小說裡的角色幾乎是異族膚色。從荷蘭熟女姑姑，長期在婆羅洲田調的博物館館長白人夫妻，

---

[16] 羅香林畫的「蘭芳大總制疆域圖」確實包括「新唐」城鎮。詳前揭書。

探險隊的北歐兄弟、紐西蘭女學生、伊班、達雅克、普南等不同聚
落的原住民長老、青年、婦孺、少女，歐洲傳教士、印尼官員、日本
開墾隊員，甚至無頭的日本兵冤魂，在不同歷史時刻分別進駐為婆
羅洲雨林的一分子。換言之，異族是雨林最大的集體，漢人視野外
的夷民世界。相較於在雨林裡孤單的支那少年，以及被洪水沖垮的
客家莊，李永平刻意走入異族的雨林生活，以少年的「驚異」眼光
見證原住民神秘的生活禮儀，歐洲人、日本人遺留在雨林的債務及
傷痕。李永平對雨林認知的事實，依然延續《拉子婦》裡〈圍城的母
親〉、〈黑鴉與太陽〉等小說處理的遭遇異文化的結構性問題。只是
《大河盡頭》不再強調中國性失守的憂慮，白人都是原住民的「交
灣普帖」（kawan putih，白人朋友），也是支那少年探險的旅伴。獵人
頭的恐怖殺戮都成了原住民長老賣弄的民俗舞蹈，而真正的戰場是
化身為聖誕老人討原住民孩童歡心，背地裡變身為性掠奪者的白人。
性是小說裡潛伏的原罪，以此象徵性地隱喻外來者對處女地雨林的
侵犯和登門踏戶的掠奪。小說尤其設計一群白人跟達雅克青年爭辯
梅毒的英文學名到底是拉丁文還是伊班語，嘲諷了外國傳教士將英
語和西方文化帶入伊班部落時，將所有可能的文化差異都作了在地
轉化，形成有趣的爭辯場面。而有著戀童癖的白人叔叔染指幼童處
女，梅毒在部落間蔓延，處處以性的陷落指涉雨林遭遇的破壞。這
不僅是文明和蠻荒的對立，還是種族間的傷害和報復。

　　除了負笈台灣前在砂勞越出版的《婆羅洲之子》，李永平最早在
台灣追溯婆羅洲故事的〈拉子婦〉（1968），嚴肅呈現了婆羅洲現實的
種族議題。拓荒、從商的漢人和早熟、落後的原住民婦女，注定了

性、膚色、血緣的複雜糾纏。小說最終以兩兄妹深入住在雨林內的三叔家，親眼見證了拉子婦三嬸被壓迫、歧視和遺棄的悲劇。

　　當年李永平檢視婆羅洲的眼光已屬特寫。三叔在家族反對下強硬將拉子婦娶入家門，卻也選擇在拉子婦色衰和產下混色雜種之際毫不留情顯露出鄙夷和遺棄的嘴臉。拉子婦的故事不過是將華人在婆羅洲土地遭遇的雨林生態和族裔現實，作了某個程度的折射，投映出華人南來和生存的內在矛盾、破壞特性。傷痕的原型早已存在，李永平往後的婆羅洲記事，顯然都在回應一個最初的罪惡激情。

　　於是，《大河盡頭》鋪陳的主軸不是華人的雨林經驗史，而是以永的成長之旅，交換對婆羅洲雨林處女地傷痕的重新見證。李永平在跨越國境之後透過「婆羅洲記事」形式的歸返，箇中隱藏的原罪和懺情型態，可看作個人慾望和歸屬之間難以釐清的複雜和曖昧。在台灣重寫婆羅洲故事，以朱鴒為聽眾，成了一種腔調的模擬，藉由在地色彩的修辭、時空和異域情調，替自己鄉愁般的懷舊建立歸屬。王德威等論者指出李永平擅於經營紙上原鄉，然而《大河盡頭》恰恰不僅是《吉陵春秋》裡地域模稜兩可的原鄉，美學化的慾望地理[17]。而在最貼近作者成長之地的坤甸，經由離散主體透過探險隊的溯流而上，那原初的土地情懷，才有華麗的落點。

---

[17] 關於李永平《吉陵春秋》的原鄉書寫，王德威和黃錦樹都指出其修辭意義的美學化傾向。前者強調李在寫作形式上玩耍實驗，後者指認其文字修行的極致表現。詳王德威，〈原鄉神話的追逐者〉，《小說中國》（台北：麥田，1999），頁249-277。詳黃錦樹，〈流離的婆羅洲之子和他的母親、父親：論李永平的「文字修行」〉，《馬華文學與中國性》（台北：元尊，1998），頁299-350。

　　因此，在台馬華文學已屬離家的書寫，其意義不僅僅是跨國流動等全球化語境下可以解釋，而是華人離散本身早已蘊含複雜的文化衝動和想像。李永平對漢字的崇拜、對婆羅洲鄉愁內涵的「家」的想像（〈圍城的母親〉最早拋出這個母題），以及在台北遊蕩中見證的墮落，鄉愁反思和慾望衝動，構成李永平離散敘事的重要面向，形構了熱帶書寫的原初情調。因此，我們不難理解《大河盡頭》的長屋盛宴，其異域情調內雖調動了馬來土語，還是保留著最華麗的漢字氛圍、腔調和想像。誠如作者自述：「試圖用一簇繽紛娜嬛古典圖騰似的中國方塊字，追憶、整理、探索少年時代在南海蠻荒這段孽緣」（p283）。這延續著從《雨雪霏霏》以降的懷情調子。只不過這些訴諸圖騰的文字，已是慾望飽滿的書寫。贖罪、漢字崇拜，洗滌罪惡的華麗裝飾，慾望藉此釋放，離散書寫多了一層銘刻文字，以文字接近原鄉（或原罪）。漢字圖騰讓婆羅洲雨林變得可見，這些慾望的文字，在論者眼中，已是李永平「離散」敘事的起點。[18]

　　慾望，迷濛和傾訴腔調的文字，其擔負的美感特質更勝婆羅洲本身的殊異和奇觀。王德威在序論導讀裡特別提到沈從文，提醒讀者李永平有著跟沈從文類似的從原鄉出走後，一輩子積壓在心頭上揮不去的故事。那不斷回到過去原初場景的故事，一再訴說的故鄉裡童年到少年的記事，將李永平推向藉由回憶、傾訴，而成功召喚的雨林敘事。李永平以奇幻的時空體，將生命中的啟蒙體驗和成長

---

[18]　王德威，〈大河的盡頭，就是源頭〉，李永平：《大河盡頭上卷》（台北：麥田，2010），頁10。

故事，濃縮在一趟的大河探險之旅，以最具體的指涉，回到婆羅洲的地景。因此，看得見的雨林恰恰不是我們經由作者的講故事腔調回到了少年永的十五歲成長歷史時刻，而是故事的神秘、離奇，進而複製／虛擬了一個婆羅洲殖民史和原住民文化史厚度，讓故事體的自我敘事變得清晰動人。

因此當我們在談雨林故事的感覺結構，雨林恰恰是現代景觀，在回應二戰前後的殖民、戰爭、民族革命的歷史和種族傷痕裡，讓來自東馬而移籍台灣的作者，建立自身的歷史想像，凝聚和梳理某種民族身分和認同。

藉由景觀這個框架，馬華在台作者離散遊移或往返穿梭的雙鄉身分，可以操控景觀的敘事，建構一個在台的馬華寫作者的關懷和世界觀[19]，浮現更清晰的寫作位置。作者的華人身分往往跟景觀緊密聯繫，因而相互定義。這也可以解釋相對兩岸三地的華人作家，在台馬華作者的寫作能量更容易透過景觀來解釋和描述其中的差異。雨林書寫因此在台灣文學，以及更大的華文書寫譜系，描述了一個景觀與身分、民族想像結合的迥異和鮮明個案。它產生於寫作者的遷徙，台灣環境提供的文學認同和養分，雨林地景因此紮根於台灣的文學地表，凸顯了台灣文學在一九四九年外省作家移入後，另一個以僑生脈絡移入的文學生產，強勢且盛大地以長篇小說格局建立了有生命力的熱帶風景。這些帶有華人身分的民族想像的雨林地景，在作者回顧出生來歷和移居身分的同時，輕易將歷史慾望建

---

[19] 同樣來自西馬的馬華在台作者，也有他們經營的馬華在地景觀。

構為啟蒙成長的冒險樂園，並在歷史傷痕的環節裡，找到了華人身
分的歷史時間。

四、性與歷史債務

　　從過去著作歸納，李永平一貫處理的主題：女性的墮落、性和
暴力的並置糾纏，以及原罪般的鄉愁懺情，在《大河盡頭》更集中
放大展示，將個人和女性不可避免的淪陷，架構在一個更大的婆羅
洲雨林場域，那蠻荒與文明交纏的世界。於是，原住民的傳統地盤
以慘酷和不可思議的方式被割裂和獻祭（戰爭時期日本搶奪婦女當
慰安婦，戰後搖身變為日本拓殖會社開發原始森林，白人跟新建國
的印度尼西亞共和國的官員共謀，以性的征獵在原住民社會奪去少
女童貞，販賣少女賣淫，傳播梅毒性病）。

　　如此原始和文明交纏鬥爭的場域，已非單純的成長故事格局所
能解釋。李永平最後退回婆羅洲地表講述的成長故事，這場華麗的
冒險放大了雨林美學內部最不堪的陷落，透過性的獻祭，暴露出作
者對婆羅洲書寫的慾望與難堪。他走出婆羅洲大地成了離散在雨林
之外的浪子，完成了個人成長儀式。

　　小說安排少年永在此探險旅程遭遇各路女性，從荷蘭姑姑克絲
婷、伊班小美女伊曼、新唐鎮的普南小娼妓、肯雅村落裡被神父誘
騙懷了「聖子」的馬利亞。少女的淪落和失貞，成了離散者揮之不
去的原型慾念。永在旅途中跟荷蘭女子克絲婷相處，這女子身上飄
著異國異文化香味體味，唱頌等著愛人歸來的荷蘭民謠「荷蘭低低

的地」，這永遠望鄉的女人，蠱惑著少年永的心智。二人像母子又像情人的相處，讓少年的成長啟蒙增添更複雜的象徵寓意。那欲語還休，懷抱著芭比娃娃的懷孕少女馬利亞，神出鬼沒的出現在長屋，給永留下永遠的懸念。那綁著麻花大辮子的普南族少女，跟永數次打過照面的清純笑臉，最終消失在妓寮匯集的新唐鎮。幽魂阿依曼，被男人遺棄、難產和投河自盡的少女，哀愁的低聲嘆息，一直在少年永耳邊響著。

小說設計的女性都有其魂牽夢縈的某種象徵魅力，或以某種物件投射少年永的青春和慾望的想像。好比肯雅長老背著返鄉送給妻子的粉紅色梳妝台，在雨林的深處成了最豔麗的蠱惑。長老妻子儘管年華老去，卻用著少年永的母親慣用的花露水。彷彿在婆羅洲的心臟地帶遭遇老去的母親，何曾相似，卻有著梳妝台那鮮豔亮色的青春。於是，我們看到作者的想像越往時間推進，試圖捕捉那在離散空間內永恆的慾望和時間的渴望。《大河盡頭》設定的十五歲旅程，始於父親的交代。而女性和歸鄉的靈，成了《大河盡頭》集體投射的兩組人物概念。

（一）、以父之名

農曆七月的大河旅程，是少年永父親允諾或贈與的一次旅程。父親委託從集中營救出，和自己關係曖昧的荷蘭女子，引導或指引十五歲初中畢業的兒子，完成一次成年禮儀式。於是，少年永穿上父親的夏季西裝，拎著父親的黑漆皮箱，彷彿接續父親浪遊的傳統，展開自己跟荷蘭姑姑克絲婷的溯流之旅，一次重要的成長旅程。父

的允諾如此含蓄，但父的宗法暴力卻無所不在。姑姪二人乘著長舟溯流而上，長舟是少年永遠離故土後忘不了的意象，像凌空的南海飛魚，原住民以「布龍・布圖」—「王者的陽具」命名，深入幽暗濕漉的叢林沼澤，進入婆羅洲母親的子宮。作者設定幾重清晰的連結：處女地森林、象徵陽具的外來者、性的誘惑和解放、成長儀式和回歸的完成。

　　小說至少有幾個重要的環節，鋪陳了以父之名，征服婆羅洲大地的弱勢女子，開發雨林處女地的象徵結構。

　　雨林裡各原住民部落的小美人像領路鳥，引領著這些外來者的白人官員，以文明指導的姿態（法律顧問），駕臨各聚落和長屋，行使作為征服者的權力，染指每一族的小美人，滿足個人的戀童癖。這種變態的侵略，可以代換為對雨林處女地的強勢入侵。那些伊班小孩的清澈眼眸，對照外來殖民、文明入侵的恐懼和嚮往。澳西峇爸的魔法師戲法，竟是每一段日子到各族長屋來奪取幼女的處子之身。少年永的性啟蒙，從對伊班婦女碩大乳房的迷戀，房裡克絲婷姑姑成熟又充滿性誘惑的軀體，到無意發現白人澳西峇爸的性獵奪，性開始有了原罪意識。伊班小姑娘喊出「薩唧（痛 sakit）、達拉（血 darah）」，處子之血成了少年永對於性與傷痕並置的難忘啟蒙之旅。咒語般難忘的伊班幽靈，就是心底那慾望勃發之初，對那片土地深刻的記憶和回顧。

　　白人性的征伐，以天真幼女蒼老又失去了靈魂的眼神為代價。而讓少年永心頭縈繞不去的，反而是那被奪去童真伊班小美女的處子之血和慘叫的痛。一個旁觀的性啟蒙者，一個征伐的性獵奪者，

一個無邪的受害者，雨林的長屋之夜，染上了最魅惑，且最殘酷的熱帶色彩。故事裡的殖民經驗、文明和土著文化的對立昭然若揭。但最動人又慘烈的敘事，反而是雨林深處循環往返的失去和破壞。論者指出化成李永平小說諸多原型的女性：母親、少婦、女孩，以各種墮落似的結局在回應一個原初的場景。雨林大地深藏的身分、記憶、血統的交換和潰決，在那一個知識、族群、階級不對等的原始叢林，叢林法則成為唯一的生態。

《大河盡頭》安排了兩次進入原住民聚落的重要經驗。一次是魯馬加央的伊班長屋，有神秘蠱惑的獵頭舞，同時有白人征伐伊班幼女童貞的殘酷事實。那是墮落與不堪的原住民悲劇，展示了部落文化已徒具形式的獵頭舞，卻拱手讓高尚階級的白人在原住民婦孺中展開性的征伐。砍伐頭顱的獻祭，轉眼換成了獻上幼女的童貞。那擋不住的墮落，恰恰投射了李永平雨林敘事的張力。如果伊班長屋的經驗是墮落的不可避免，那麼小說設計無意闖入肯雅人的村落「浪‧阿爾卡迪亞」，世外桃源般的聖地，顯然就是對純真和崇高的褻瀆。因為最純淨美麗的桃花源，也早已是陷落之地。永巧遇的十二歲肯雅族少女馬利亞，天主教聖母之名，卻同時被族裡小孩呼其「龐蒂亞娜克」，以女鬼污名之。懷孕的純真少女成了怪物，以父親之名（天父）糟蹋之，最後選擇投河自盡，成了婆羅洲地表上遊蕩的 pontianak。

西班牙老神父是最早深入此桃花仙境的外來者，傳教之餘，以基督再度降臨重生的宗教預言，誘騙了馬利亞的貞操。整篇小說營造的墮落深淵，無所不在。這些外來者最初隨著殖民姿態蒞臨，從

殖民者搖身一變的司法官峇爸澳西，到神父峇爸皮德羅，這些稱為「峇爸」（Bapa）者，以父之名，宣教立法，卻是一連串墮落的開始。那滿嘴大蒜味的神父以耶穌基督之名，在世外桃源般的原住民聚落竟播下了野種。這無數個播種、侵害少女的父，從殖民者、司法官、神父，原住民孩童心裡的父，到信仰的父，全都是墮落的源頭。少女不可避免的陷落，都來自那全能卻邪惡的父。以致少年永的坤甸之行，竟也是父親將其推向舊情人，希冀舊情人帶領永踏上性的啟蒙旅程。李永平是否在影射其走上寫作之路沈迷於原罪意識的根源？但婆羅洲原始的處女叢林，遭日本人大肆濫墾濫伐，雨林的物種生態，染上了人為的種種禍害。處女的性和雨林的原始蠻荒，已結合一體。

鬼月展開的旅程，不僅是少年永往大河盡頭處找到自身生命的源頭，同時是歷史傷痕，以及眾多歷史幽靈歸鄉的季節。小說在陰曆七月初九，即陽曆八月八日，安排永和克絲婷巧遇赤道暴雨而走進荒村裡的一家日式旅館。二戰時的日軍殖民史，日本軍人在戰敗時切腹的武士刀，幽靈般顯現在雨林的一家日式旅社，而旅社前身竟是日軍在戰爭時期的俱樂部。少年永面對日本媽媽桑白淨的軀體，在一群無頭日本軍魂圍繞中似乎遭到附身，搖身一變為兇狠的日本軍人，對著媽媽桑吆喝唱歌。這一岔出雨林氛圍的情節，反映了李永平一股腦兒的將婆羅洲的歷史和創傷記憶經由性的召喚，煥發出新的敘事能量。

日軍南侵之前，南來從事慰安工作或觀光的日本少女，替婆羅洲幾個華人聚集的城鎮，帶來了東洋情調，春色無邊。李永平的少

年記憶，遁入了不可抗拒的傳奇時空敘事。一個手持日本武士刀，
展現淫威的少年永，竟然仿照日本電影裡男人持武士刀扯開穿著和
服日本女子的模式，媽媽桑裸身在他眼前的成熟女體，開啟了他頗
具異國情調，卻又淫猥不堪的慾望。這一視同強暴的情節安排，聲
色逼真的敞開了作者婆羅洲想像中的性愛笙歌。最赤裸的性和暴力，
交織在一個赤道暴雨時刻，神秘的日本旅社和媽媽桑的怪誕情境。
此一想像，已完成了少年永暴衝的性的成年儀式，同時活色生香展
演了戰爭時期殖民地的性征服，一則政治寓言。

　　武士刀、白淨裸身的日本媽媽桑、切腹儀式，所有的東洋想像，
成為雨林的政治寓言的內核。東洋情調的武士道精神和美學，迴盪
在這偏僻的日式旅社。小說以傷痕累累的陽曆八月（陰曆七月），遇
鬼的如常季節，投射了整個婆羅洲大地蘊藏的歷史創傷，以及創傷
背後生發的驅力。藉由少年永的血氣方剛，性啟蒙的年紀，歷史苦
難和傷痕都換成了性的轉喻，展現出無限的遐想和喟嘆。日軍在婆
羅洲徵召強取當地女子和外國女子為慰安婦的慘劇，以另一種著魔
的劇情，演出了那些慰安婦的不堪，以及日軍客死異鄉，無所歸處
的亡魂的離散。李永平的雨林敘事在陽剛和父的隱喻之下，展示了
另類的雨林創傷美學或離散政治。

（二）、歸鄉的靈

　　鬼月溯流登山的旅程，是李永平替日後遠離故土的少年永，設
計或重溫一次尋找歸宿的歷程。大河盡頭的性和死亡，其實也意味
著重生。小說刻意安排了兩個關鍵場景，讓歸鄉的靈找到各自的落

腳處。少年永在旅途中，一直緊緊跟隨的兩個「龐蒂亞娜克」：難產而自殺的伊班少女阿依曼，懷抱著死嬰，幽幽歌唱。另一個抱芭比娃娃的十二歲岢雅女孩馬利亞，懷著神父播種的「聖子」，投河自盡，滿眼要傾訴的話。這些牽掛的遊魂，是受難者，是返鄉者，也是少年永內在抒情的直接投射。

　　在奔赴聖山之際，小說裡重要的女性同時出現在血湖中。兩個愁苦又令永愛憐的遊魂，陌生又熟悉的親生母親以靈的方式，投映在血湖天空，以及身旁關係曖昧的荷蘭姑媽。最後幽魂阿依曼跟少年永共浴血湖中，以回報永的愛憐。馬利亞則引領永到小兒國，到那些胎死腹中，早夭的孩子居住的地方：登由拉鹿湖。馬利亞要到那裡將孩子生下，且要跟少年永共廝守。在大湖戲水的男娃女娃，神秘快樂的小兒國。少年永似乎找到了屬於自己的家，回到童年，人性最初的童心和童真，無憂無慮的存在。但他卻必須完成人生旅程，姑媽的呼喚在即，他走向登山，實踐並完成返鄉的慾望。

　　小說於是展現另一個空舟溯源的奇幻場景，以一個返鄉的寓言式高潮賦予「招魂」和「回歸」的神話及精神高度。（回應小說下卷序言的「招魂」主線）在接近大河的終點，有的空無一人，有著載著旅客的長舟在大河上游溯流而上，一艘接著一艘井然有序，活著或死去的靈在農曆七月的月圓之夜趕回聖山。這等奇景大概是雨林敘事中詭魅但又寓意深遠的想像。長舟隊像返回原鄉產卵的鮭魚，回到原始的最初。而思念家鄉的克絲婷，卻永遠回不去故鄉。這在戰爭時期慘遭日本人抓去當兩年慰安婦的荷蘭女子，失去子宮，失去孕育能力，成了婆羅洲大地上被遺棄的女人。

　　克絲婷的角色可以對應〈望鄉〉裡在二戰當過慰安婦而回不去台灣的三位女子。月鸞（〈望鄉〉）作為童年時期永心理投射的大姊姊，克絲婷已是少年永性幻想的異族姑姑，兩者皆有著性啟蒙的意義，皆蘊含著一種原罪似的，性的挫傷。美妙的性的萌發，本身已是傷痕，其純真美好已不自覺的通往歷史的創痛。〈望鄉〉的結局是童年的自己為了維護母親聲譽，報警取締以賣淫苟活的三個弱女子。《大河盡頭》的克絲婷在攀登聖山後，二人緣分已了，從此不再相見。但小說安排少年永最終的愛欲投射在一個沒有子宮的異國女子，他回歸的不是母體，而是在一個創傷的原址，尋回愛與重生的機會。最後在山頂上，曖昧的兩人卻以母子重逢般的坦誠相見，以性的愛欲昇華，衝破倫理界線，結合並因而重生。在陰曆七月十五的月圓夜，性和重生是荷蘭姑媽克絲婷餽贈給少年永的成年禮，代替依舊缺席的父，賦予少年永一次真正的返鄉旅程，回到生命／性的原初。小說以此將受難母親的原型超越，性作為歷史債務的昇華，透過返鄉的慾望，轉化為母性的救贖。

　　然而，少年永還有一個在古晉等候他返家的親生母親。永和克絲婷的結合，不僅僅是愛欲的糾纏和幻想。克絲婷強調早產兒的永，需要姑姑把那欠缺的一個月補足，重新生回來。失去子宮的克絲婷，如何將早產兒永重新生回來？一個在戰時遭遇性創傷的荷蘭女子，一個期待性的成年儀式的支那少年，兩個人交集在河上的愛欲故事，投射出李永平婆羅洲雨林敘事的格局。當其他的「龐蒂亞娜克」各自找到回歸安頓的湖泊，這個前世的媽，只能回到生命源頭，死亡的邊界，以接近一個月的溯流登山的相處時光，完成一個少年的成

長，如同重新孕育一個新的、完整的生命，彌補自己失去子宮的永遠的痛和缺憾。如此一來，溯流之旅是追回失去的那一個月，本該孕育在子宮裡的歷史時光，一段少年永在子宮羊水里的生命旅程。李永平似乎替溯流做了一語雙關的解讀，沿著大河溯流到婆羅洲心臟，亦如替大地上那些子宮被惡意播種、糟蹋、捅爛的女性，追回並彌補自足完滿的母性。性背著無限的創傷，亦是唯一的驅力，以此作為返鄉的靈的唯一重生機會。

五、小結

《大河盡頭》以濃筆著色的雨林書寫，對照張貴興獨具特色的詩意、濃密的雨林敘事，確實別有個人懷抱。小說藉由自傳性的「傾訴／講故事」風格，形塑了婆羅洲大地的詭異奇幻時空。這片大地埋葬過無數的歐洲傳教士、荷蘭官吏、眷屬、日本皇軍和慰安婦、歐美的探險男女，以及無數代豬仔礦工的骸骨，成為幽暗大地飽滿的故事張力。而歷代生存於這片土地的原住民部落，以傳奇、神話形象，或隱藏為背景，或浮出地表，構成婆羅洲雨林敘事奇觀。李永平意圖展示的婆羅洲景觀，並非大自然的動植物生態世界，恰恰是由人與歷史債務，幽靈般迴盪在這片處女地的熱帶雨林。[20]

---

[20] 另有觀點認為《大河盡頭》倒果為因的離奇性啟蒙和刻意避開華人在婆羅洲參與開發的描寫，不過是對他寫作史上重要母題、命題的回顧和清理。參黃錦樹，〈石頭與女鬼：論《大河盡頭》中的象徵交換與死亡〉，《台灣文學研究學報》第 14 期，（2012 年 4 月），頁 241-263。

　　深入婆羅洲，猶如走向鬼域，在生死交界的陰曆七月，透過同樣作為外來者的支那少年眼光，「看得見」的雨林是異族、異域和性的驅力。但反過來說，在殖民、二戰的歷史時刻，溯流經過的華人城鎮和雨林部落裡，華人的拓荒、創傷和迫害記憶，成了「看不見」的雨林景觀。華人記憶只剩被沖毀的客家莊，以及一個啟蒙者的視域。

　　小說最後替受難幽靈設想安頓的超自然世界，幻化成雨林的特殊地理。其功能不僅是渲染奇觀的圖像，反而是傷慟的抒情呈現。經由重生和回歸的主題操作，李永平明確提出曾經經歷過殖民創傷和侵略的婆羅洲雨林，既生發為文字原鄉，亦屬作者寫作生命中的記憶場所。從台灣熱帶文學譜系來看，李永平自述棲身在「丟丟銅仔」台灣宜蘭民謠的國度展開寫作，一如小說裡幽魂阿伊曼唱頌的民答那峨搖籃曲舂米歌，一如荷蘭女子克絲婷吟唱的荷蘭民謠，望鄉之餘，也在尋求個體生命的重生。因此大河溯流之旅，是如此真實的在他比鄰而居的淡水河上，觀音山旁，一個經由慾望書寫，審視自我成長歷程而再生的鄉土和重生的自我。如此說來，雨林成了離散者的外部視域，他以形音俱美的漢字投入的雨林書寫，已屬台灣熱帶文學裡的重層意象。

引用書目：

Mary Somers Heidhues, Golddiggers, *Farmers, and Traders in the "Chinese*

Districts" of West Kalimantan, Indonesia. Ithaca, New York: Southeast Asia Program Publication, Cornell University. 2003.

王德威，〈大河的盡頭，就是源頭〉，李永平：《大河盡頭上卷》（台北：麥田，2010），頁 5-14。

王德威，〈原鄉神話的追逐者〉，《小說中國》（台北：麥田，1999），頁 249-277。黃錦樹，〈流離的婆羅洲之子和他的母親、父親：論李永平的「文字修行」〉，《馬華文學與中國性》（台北：元尊，1998），頁 299-350。

田　思，〈「書寫婆羅洲」vs 砂華文學〉，《星洲日報》2008 年 6 月 29 日。

李展平，《前進婆羅洲：台籍戰俘監視員》（台北：國史館台灣文獻館，2005）。

沈慶旺，〈雨林文學的迴響：論當代馬華散文的雨林書寫〉，陳大為、鍾怡雯、胡金倫編，《赤道回聲：馬華文學讀本 II》，（台北：萬卷樓，2004），頁 305-317。

高　延（J.J.M.De Groot）著，袁冰凌譯，《婆羅洲華人公司制度》（台北：中央研究院近代史研究所，1996）。

張錦忠，〈南洋少年的奇幻之旅〉，《中國時報》2008 年 7 月 13 日。

陳大為，〈當代馬華文學的三大板塊〉，《思考的圓周率：馬華文學的板塊與空間書寫》（吉隆坡：大將，2006），頁 58-63。

陳大為，〈躍入隱喻的雨林：導讀當代馬華文學〉，《誠品好讀》第 13 期（2001年 8 月），頁 32-34。

黃錦樹，〈石頭與女鬼：論《大河盡頭》中的象徵交換與死亡〉，《台灣文學研究學報》第 14 期，（2012 年 4 月），頁 241-263。

黃錦樹，〈從個人的體驗到黑暗之心：論張貴興的雨林三部曲及大馬華人的

自我理解〉，《謊言和真理的技藝》（台北：麥田，2003），頁 263-276。

黃錦樹，〈最後的戰役：金枝芒與李永平〉，發表於「東亞移動敘事：帝國‧女性‧族群」國際研討會，國立中興大學台灣文學研究所主辦，台中：國立中興大學，2008 年 11 月 8-9 日。

溫廣益等編著，《印度尼西亞華僑史》（北京：海洋，1985）。

龍應台，《大江大海》（台北：天下文化，2009）。

鍾怡雯，〈砂華自然寫作的在地視野與美學建構〉，《馬華文學史與浪漫傳統》（台北：萬卷樓，2009），頁 203-243。

鍾怡雯，〈憂鬱的浮雕：論當代馬華散文的雨林書寫〉，陳大為、鍾怡雯、胡金倫編，《赤道回聲：馬華文學讀本 II》，頁 305-317。

羅香林，《西婆羅洲羅芳伯等所建共和國考》（香港：中國學社，1961）。

† 本文發表於《台灣文學研究集刊》第 11 期（2012 年 2 月），頁 35-60。

骸骨與銘刻：

論黃錦樹、郁達夫與流亡詩學

一顆時代錯誤者的骸骨

流浪在年復一年的雨季中

吞下虛無縹緲的思鄉暴雨

永遠死去的雨林

沒有一個神位

可以容我安身立命

　　── 林幸謙〈郁達夫的血肉紅塵〉[1]

一、流亡・詩學・文學史「現場」

「郁達夫的死是不幸的，但又是悲壯的，閃耀著愛國主義光輝

---

[1] 林幸謙，〈郁達夫的血肉紅塵〉，《叛徒的亡靈》（台北：爾雅，2006），頁54。

的。」²

　　這是當年跟郁達夫一起隱姓埋名，流亡在蘇門答臘的胡愈之在郁達夫失蹤四十年後的紀念會上的公開講話。這同時是一次對郁達夫的南洋歲月的定調和總結。他為我們歸納了郁達夫遇難的原因：「他掌握、收集了日本憲兵在戰爭期間虐殺無辜、殘暴作惡的大量罪證。」因此進一步佐證了郁達夫這位新文學作家在戰爭時期的貢獻。從二戰期間新馬與中國文藝界的互動關係來看，郁達夫在戰時肩負文藝界抗戰的使命³。他在新加坡文化界領導抗日，卻死在印尼的日本憲兵手下，成了殞落在邊陲南方的一顆五四文學明星。郁達夫的南洋悲劇，反而有了一種政治正確。從一九八二年開始，中國大陸的郁達夫論述轉而將其定調為「殉國烈士」、「愛國詩人」、「文化戰士」等角色，編輯《郁達夫抗戰詩文鈔》，甚至給予「全人」的讚譽。一個在赤道線上抵死抗日的愛國作家，成為現代文學刻劃苦難，狀寫現實的範本。⁴

---

² 胡愈之，〈郁達夫：愛國主義者和反法西斯的文化戰士〉，收入李杭春、陳建新、陳力君主編，《中外郁達夫研究文選》（上冊）（杭州：浙江大學，2006），頁 206。

³ 郁達夫編輯《星洲文藝》時提及「《星洲文藝》的使命，是希望與祖國取聯絡，在星洲建樹一文化站，作為抗戰建國的一翼，奮向前進的。」詳氏著，〈《星洲文藝》發刊的旨趣〉，收入郁風編，《郁達夫海外文集》（北京：三聯，1985），頁 597。

⁴ 郁達夫身後的聲名，以及「經典化」過程，詳陳福亮，《風雨茅廬：郁達夫大傳》（北京：中國廣播電視，2004），頁 1398-1434。一九七七年在新加坡出版的《郁達夫抗戰論文集》已從抗日的思想行為肯定郁的愛國主義精神，詳方

　　不過，早在郁達夫失蹤隔年，他有一組十一首的〈亂離雜詩〉由胡愈之在戰後發表悼念文章〈郁達夫的流亡與失蹤〉（1946）[5]時一起披露，因此成為郁達夫生命中最後的文獻，銘刻流亡的身體與心靈。但「出土」文獻如何還原、再現經驗主體，無異掉入另一種詮釋的陷阱。當時郁達夫已杳無音訊，〈亂離雜詩〉藉由他人之文而浮出地表，建構並脈絡化為郁達夫流亡和失蹤的環節，成為遺物，在其物質性的基礎上反而生發了無限的慾望生產。

　　郁達夫的失蹤或死亡，因此走入文學敘事的範疇，在馬華文學內部留下想像的空間。恰如那不知所蹤的肉身或骸骨，郁達夫愛好舊體詩且自稱「骸骨迷戀者」[6]，〈亂離雜詩〉因此「光明正大」表徵骸骨，以遺文遺物的形式釋放出流亡者浮動卻也曖昧的個體亂離經驗。[7]

修，〈《郁達夫抗戰論文集》序〉，收入王自立、陳子善編，《郁達夫研究資料》（北京：知識產權，2010），頁471-474。對於透過「全人」的稱譽，以肯定郁的愛國本質，詳王孫、熊融，《郁達夫抗戰詩文鈔》（福州：福建人民，1982），頁1-5。

[5]　胡愈之，〈郁達夫的流亡與失蹤〉，收入胡愈之、沉茲九，《流亡在赤道線上》（北京：三聯，1985），頁41-78。

[6]　郁達夫，〈骸骨迷戀者的獨語〉，《郁達夫全集・卷三》（杭州：浙江文藝，1992），頁82-84。但這不僅是郁達夫的個人稱號。新文化運動以後，寫作舊詩者都習慣性被譏為迷戀骸骨。見鍾敬文，〈《天風海濤室詩鈔》跋語〉，收入楊哲編，《中國民俗學之父》（合肥：安徽教育，2004），頁163。

[7]　關於郁達夫在新馬與印尼期間的漢詩寫作，相關討論詳拙作《漢詩的越界與現代性：朝向一個離散詩學（1895-1945）》（台北：政治大學中國文學系博士

　　一九三八年郁初抵新加坡擔任《星洲日報》的副刊編輯，扮演著一個文人與報人的稱職角色。當時他的編輯工作異常吃重，在主編《星洲日報》副刊《星洲日報半月刊》時，幾乎每期都要自己撰寫文章，討論日本問題。同一時期他還主編了新增的《星洲文藝》專欄，並且發表文章。除此，他另外主編了三種純文藝副刊《晨星》、《文藝週刊》和《繁星》，甚至後來每月一冊的《星光急報》文藝欄也是由他負責。他的名氣與號召力是被賦予重擔的原因，過分的忙碌與消耗，甚至有過兩個月要看一千篇稿子的紀錄。在抗日行動方面，他投入抗日賑籌會的活動，幫助殖民地政府主編《華僑日報》宣傳抗日，進而在文化界抗日聯合會擔任主席。另外，他還聯合當地學者許雲樵、姚楠等人組織南洋學會，開啟了南洋風土研究的風氣。以上多重的社會身分和角色，尤其海外宣傳抗日的使命，使得郁達夫的小說家生命提早枯竭，因應時勢大量寫作政論、雜文和散文，並經營篇幅短小的漢詩，成了詩人。

　　一九四二年二月日軍臨城，郁偕同友人撤離星洲往印尼蘇門答臘展開逃亡之旅。他們先後停留了卡里曼島（Karimun），石叻班讓（Selat Panjang）、孟加麗（Bengkalis）、保東村（Padang Island）等地。當時由於荷蘭殖民政府不發簽證讓他們前往爪哇，以致返回中國的願望落空，一行人只能在當地華僑的協助下不斷輾轉逃亡。郁等人在保東村居住了一個半月後，蘇門答臘及附近島嶼陷入日軍手裡，為躲避日本密探追捕抗日分子，他們又繼續逃難到蘇島中部的

論文，2008）的第六章。

北干峇魯（Pekanbaru），最後到達巴爺公務（Payakumbuh），並定居
於此。郁在蘇門答臘期間只能化身酒廠老闆趙廉，周旋在日軍、印
尼人、荷蘭人及華僑之間。因為懂得日語，期間他還擔任了日本憲
兵部的翻譯。儘管流亡在外，他的頹靡風流不減，嫖妓頻繁，且遊
走於各式各樣的妓寮[8]。以致看在一同流亡的另一位五四作家巴人
（王任叔）眼裡，郁的行徑就是「名士的路」。[9]

　　綜觀他遊走星馬、印尼期間的精神形軀幾乎消耗在抗日、應酬、
避難、流亡的忙碌慌亂中，而個人生命也歷經著家變、情傷、再婚。
除了政論性質的抗戰文章，女人與詩恰是他的喪亂際遇的紀錄與寫
照。對於一生中經歷的荒唐頹廢和流離恐懼，郁達夫曾刻有石章「生
怕情多累美人」誇言自己的風流；而臨近生命的終點，他在巴爺公
務寫下詩句：「此身真是劫餘灰」[10]。死寂、湮滅，一幅離散者的
末世圖景。這是郁流亡的最後據點，也是失蹤之處。從文學的隱喻
而言，詩裡的郁達夫形象竟是他留給世人最後的骸骨。

　　然而放在文學史的視域當中，郁達夫的「失蹤」，卻意味沒有歸
程，看不到流寓的終點，成了我們觀察南來文學與區域文學互動，

---

[8] 當地華僑見證了郁達夫的風流事蹟。詳張紫薇，〈郁達夫被害前後〉，收入
王潤華編，《郁達夫卷》（台北：遠景，1984），頁 344。

[9] 跟其他同行者的悼念不同，巴人語帶厭惡的期許後代對郁的名士情調的超
越，並以為「我們是不必為達夫悲哀的」。王任叔，〈記郁達夫〉，收入李杭
春、陳建新、陳力君主編，《中外郁達夫研究文選》（上冊），頁 58-88。

[10] 郁達夫，〈胡邁來詩，會有所感，步韻以答〉，《郁達夫全集・卷九》（杭
州：浙江文藝，1992），頁 223。此詩乃 1944 年寫於蘇門答臘。

具體有效的一個「現場」案例。從晚清以降，從中國到南洋的南來文人絡繹不絕，開啟了文化的播遷旅程。郁達夫留下的漢詩遺產，是詩人域外行蹤的紀錄，文獻式的流動地理。這些集合異地經驗與主體流離感受的漢詩，可視為「海外華文文學」的原始文庫，敘述流寓、流亡經驗史的第一手材料，鋪陳區域漢文學播遷與發展軌跡的人文譜系[11]。同時作為構成區域文學交流，刺激各個文學場域在地化生產的起點。

　　嚴格說來，在抗戰期間南來謀生，輾轉流亡印尼的郁達夫，可以看作南來文人譜系中，最能引發聯想和蠱惑人心的個案。他有著傳奇般的生命經歷，做為揚名五四時期的小說家，在奔走絕域，陷入精神困窘的生命晚期，反而成了標準的漢詩寫作者，一位流亡詩人。他的生命危機有著不可抗逆的戰爭暴力，情感受創的頹靡感傷，以及背負抗戰使命卻落荒而逃。在新加坡投稿發表〈毀家詩紀〉終導致妻離子散，藉詩投射屈原行吟澤畔的流放原型：「投荒大似屈原遊，不是逍遙范蠡舟」，同時質問奔走天涯的痛苦：「窮來欲問朝中貴，亦識流亡疾苦否？」。以上種種虛耗在歷史時空的無力感，個人的進退失據，令他的精神與肉身都接近於一種「遺民」症狀。他成了被棄置在邊陲絕域的文化人，以漢詩滋養在動盪的時代裂縫中苟活偷安的身軀與心靈。

　　可是他最終死在南方，骸骨不知去向。這樣的結局，寓言式的

---

[11] 從晚清以降文人流寓新馬地區的漢詩作品，目前可見李慶年的整理和討論。詳氏著，《馬來亞華人舊體詩演進史》（上海：上海古籍，1998）。

回應了晚清以降整體流亡在中國現代性歷史風暴的文化人的處境。作為戰爭下的難民，在郁達夫最能刻畫生命煎熬的歷史時刻，他選擇漢詩，一種棄置在現代文學建制和視域之外的文學形式，反而映襯出舊形式的誘惑[12]。相對在中國境內的大後方，抗戰氛圍中的漢詩寫作成了新文學家的一種精神症狀（郭沫若、茅盾等），這種抒懷與寄存人生體悟的文學形式，有效成為他們敘述主體經驗的共通媒介，帶有生命與文化審美價值的人文形式。而遠在南洋的郁達夫，在一個強烈期待新文學抗戰形式的南方[13]，郁的漢詩情調（酬唱、毀家、情變的基調），預示了郁達夫的文學意義，只能轉向一個以個人生命經歷為基礎，一種肉身型態的文學慾望。因此，放在文學史的論述框架，郁達夫南來的寫作與生命經歷的「症狀」，暴露出他作為一個「文學現場」的意義。

　　現場，從實證的角度觀察是一個追尋歷史蹤跡的場所。然而，若現場不指向蹤跡，而是從生產與發生意義的層面著眼，文學史「現場」就意味文學產生影響與論述開展的一個蹤跡展示的所在。換言之，寫作漢詩與漢詩情調呈現的文學症狀，郁達夫晚年生命歷經的身體和生活困窘，以及他的失蹤；這些在心靈史意義下可以表徵郁

---

[12] 關於舊體詩與新文人的關係，劉納對此議題有過局部討論。詳氏著，〈舊形式的誘惑：郭沫若抗戰時期的舊體詩〉，《中國現代文學研究叢刊》第 3 期（1991），頁 188-202。

[13] 當時南洋文藝界對文化人的南來頗多微詞和批評，認為文化人應留在祖國抗戰，非逃到南洋避難，顯示出他們對郁的南來略有責難，但也期待郁的到來可以提振南洋文藝界的抗戰氣勢。

達夫面對語言與克服流亡時間的細節和脈絡，補強了文學史書寫看不見的「現場」。晚清以降中國「大作家」的南來北返，大體皆屬過客，加上部分移居終老在此炎荒之地的，基本形塑了戰前馬華文學的基本規模。郁達夫的「南來—失蹤」，在戰爭時期的顯著角色[14]和慘澹歲月，在文學史裡被記取與被遺忘的，卻在期許「大作家」的南洋炎荒之地，製造了一個頗為怪異，卻值得重視的文學「狀態」。在南來架構下的馬華文學視域，郁達夫個案有了一種生產意義，指向了馬華文學「離散敘事」（diaspora narrative）發生的歷史和文學現場。這樣的現象指出了一個馬華文學內部隱然存在的流亡詩學面向和可能的型態。

二、慾望生產：黃錦樹的離散書寫

　　除了一般的文史論述，最早對郁達夫現象提出「生產性」意見的，當屬馬華在台作家黃錦樹。兼具小說家與學者身分的他，為我們下了一個曖昧的註解：「死在南方的郁達夫在星、馬、印華文學的始源處鑿出一個極大的慾望之生產性空洞」[15]。這一段話可以

---

[14]　郁達夫在星馬地區的抗日事蹟與大作家的影響力，一般成了論者總結他在南洋歲月貢獻的印象。但流亡的慘澹，漢詩的晚期風格，卻沒有形成理解郁達夫在新馬文學的意義。前述的普遍印象詳孫逸忠，〈郁達夫戰時對星馬華文文學的貢獻〉，收入莊鍾慶編，《東南亞華文文學與中國現代文學》（福建：廈門大學，1991），頁 146-160。

[15]　這是黃錦樹首篇在馬華文學的南來框架下討論郁達夫的論文。詳氏著，〈境

看作本文著眼文學「現場」的一種延伸解釋，尤其黃錦樹自己還為這個「慾望生產」進行了文學性的實踐，以小說重塑郁達夫。當骸骨不知所蹤，文字無法確切銘刻記錄死亡，失蹤的郁達夫似乎成了南方「現場」的文學幽靈。他或以愛國抗日作家的傳奇形象出現在熟悉的文學史論述，又或者成為南洋文學與文化論述當中一則離奇的軼事及回憶。然而，當這具文學幽靈，出現在二十世紀末的小說世界，預告了一種帶著慾望的想像敘事將重新改寫郁達夫傳奇，為文學史論述中已成樣版的郁達夫，進行顛覆並組合血肉清晰的新形象。這同時是一次郁達夫留下的文學現場的延續或再生產。

郁達夫走入小說的虛構世界，也是始於黃錦樹。他出生於馬來西亞，八〇年代後期來到中文教育和文學建制相對健全的台灣，取得大學和研究所學歷。爾後在台灣的大專院校教書，娶妻生子，從一個馬華青年邁入不惑之年。他旅居台灣近廿年的光景，卻以驚人的爆發力成就了豐饒的文學與學術事業[16]。但更值得注意的是，他從大馬的南方小城居鑾，輾轉定居到台灣中央山脈旁的小鎮埔里，兩處皆屬邊陲地域，似乎提示了他偏好的生活地理，以及心態處境。「南荒」顯然不曾對他構成障礙，甚至成為他思考邊緣和域外情境的創作動力，以致他長期經營一種從邊陲發動想像與破壞力的獨到文學與學術視域。

外中文、另類租借、現代性：論馬華文學史之前的馬華文學〉，《文與魂與體：論現代中國性》（台北：麥田，2006），頁103。

[16] 從一九九四到二〇一〇的十七年間，他先後出版了四本論文集、四本小說集、一本散文，主編九本小說及論文選集。期間還完成了碩士及博士論文。

　　黃錦樹處身台灣卻沒有遠離南洋情境。他的小說創作持續保持
對大馬政教環境、華人生存寓言和歷史傷痕的書寫，關注馬華文學
生態、華人移民的處境和命運，同時在大馬及台灣兩地推動馬華文
學論述，成為創作與論述並重的在台馬華作者。然而，黃錦樹的成
績並非只有單一的馬華面孔，他的學術研究同時深入兩岸三地現當
代文學，上接晚清的學術與文學範疇，以紮實的功夫在台灣的主流
學術場域站穩腳步。這些成果展示的個人抱負和眼光，成為我們理
解黃錦樹寫作和論述的關鍵背景。他的創作關懷與學術眼界交織的
複雜脈絡——總不自主的邊緣意識（客觀被迫或主動就位），長期
雙鄉的生活心態養成的流動身分[17]，以及反骨與顛覆傳統的企圖心。

　　他從上個世紀九十年代開始以小說進行的郁達夫寫作，其實可
以看作一種「流亡詩學」的再生產[18]。這是黃錦樹近年創作裡一再
關懷的核心主題。從一個晚清以降的集體離散氛圍中，他透過小說
形式展現了種種帶有不同流亡色彩的故事，意圖重建一個馬華文學
隱喻式的精神原型：南來與離心。無論是歷史性的遷徙，或因為遠

---

[17] 張錦忠，〈黃錦樹的離散雙鄉〉，《誠品好讀》第 55 期（2005.6），頁 99。
[18] 過去討論黃錦樹重寫郁達夫的論述，基本上都沒觸及「流亡詩學」此一概念。
包括最早以單篇論文討論此議題的 Alison Groppe（古艾玲），〈郁達夫的失蹤和
再現在黃錦樹的作品〉，發表於於「『文學行旅與世界想像』第三屆國際青年學
者漢學會議」，美國哥倫比亞大學東亞系、美國哈佛大學東亞系、蘇州大學海外
教育學院聯合主辦，蘇州：蘇州大學，2005 年 6 月 18-20 日。該文最近以英文
發表則將黃錦樹重寫郁達夫的現象放在華語語系文學（sinophone）的脈絡思考。
詳 "The Dis/appearances of Yu Dafu in Ng Kim Chew's Fiction." *Modern Chinese
Literature and Culture*, 22. 2 (Fall 2010)：161-195.

離中原的境域，或大馬政教排擠下的離心，由此生發的悼亡、憤慨、悲涼等複雜情緒，因而形成抑鬱、狂歡等不同形式的小說面目。然而，這些無法被主流移民史、政治史或文學史表述的「心靈史」，卻因此在小說寫作上凸顯出值得注意的「流亡症狀」。從華人移居與歸返的歷史中，〈開往中國的慢船〉裡錯過登船的小孩從此在赤道上馬來部落裡開始了身分的流亡。面對宗教與種族的結構性迫害，〈阿拉的旨意〉的華裔被流放荒島；〈我的朋友鴨都拉〉吃香喝辣的投機派華裔穆斯林，最後躲進孔廟避難，更悲慘的下場是死後搶屍，被宗教局處理掉的屍體，從此朝著麥加的方向流亡，象徵了大馬政教結構裡華人荒謬和扭曲的處境；〈魚骸〉躲避馬共的政治夢魘及陰影，從此隱身在台灣大學研究室內持龜甲替文化招魂的學者，依然是一種華人從政治創傷下的文化流亡；更具象徵性意義的，要屬〈刻背〉裡勞動的神秘苦力，在背上鑿刻漢字直指華人集體的流亡身體。雖然以上故事演繹的不完全是典型的流亡概念，但這些華人主體從政教、歷史環境下感受的文化脫序、支離，以及邊緣的生存感與壓迫感，已構成馬華文學裡特殊的流亡意識，敘事意義上的流亡詩學。[19]

　　黃錦樹對郁達夫現象展開的書寫，等於從台灣回望一個南來歷史視野下的流寓文人個案，衍生了可以對照他自身流動位置的想像。

---

[19] 黃錦樹在小說與論述中的展示流亡詩學現象，還涉及黃錦樹個人的文學史視域，以及對馬華文學史、馬華文化現象的意見和處理，這已屬另一個不同層面或更複雜的議題，筆者將另文處理。本文僅針對「重寫郁達夫」的脈絡，檢視流亡詩學這個面向在馬華文學系統內的可能和有效性。

他提醒南來是馬華文學史的「文學事實」[20]，其實間接呈現了文學播撒與流動的客觀環境，尤其這還是有著文學生產意義與創作者活動事蹟的「現場」。因此郁達夫的經歷是一個嚴肅的肉身與文化資本同時播遷的「現場」，文學史應該，卻不容易銘刻、論述的文學現象。然而有趣的是，當黃錦樹以小說形式作為改造虛擬郁達夫的流亡體驗，除了呼應其時台灣主流的後設小說書寫風潮，是否間接暗示或聯想到漢詩表現的不足，以及郁達夫的尷尬？在小說已成文學典律的時刻，郁達夫的流亡漢詩根本不在現代文學建制的視野。漢詩意識裡呈現的經驗主體，充滿誘惑和想像的空間，因此轉變為黃的小說寫作的魅力來源。再者，漢詩固定的古典格式，以及簡約的修辭，進入不了那佈滿細節和曖昧的地域想像。漢詩的困境在於根本解決不了郁達夫的流亡、失蹤所生發與延伸的文學意義，一種屬於地域與現場的意義。於是，小說的敘事與講故事長項，因此潛入郁達夫留下的現場。郁達夫經由小說而被重寫，進而釋放的敘事力量，讓文學現場的寫作變得更為複雜。

　　在郁達夫失蹤的五十年後，黃錦樹將失蹤、死亡、骸骨三者串連為有意義的能指，在詭異、狂誕及荒謬的小說語境裡，讓郁達夫再度復活、苟活或頹靡的再度死去，以嘲謔敘事，挑戰了郁達夫之死的歷史與文學意義。除了作為流亡詩人，郁達夫的失蹤或骨骸在小說家眼中有著一種傳奇敘事的魅力，使得二十世紀末的馬華文學

---

[20] 黃錦樹，〈華文少數文學：離散現代性的未竟之旅〉，《香港文學》第239期（2004.11），頁4。

版圖，再現早期流寓者的歷史時空。「郁達夫傳奇」有了續書，意味著一種弔詭的敘事。它在質疑線性歷史，甚至顛覆文學史觀，讓郁達夫在小說的建制內重新登場，延續了那個迷戀骸骨寫作的流寓文人，真實存在的意義。

雖然郁的失蹤及生死謎團經過學者實地考證及大量回憶文章的複述[21]，基本已祛魅明朗。但如果將失蹤的郁達夫視為具有生產意義的肉身，他不再侷限於傳記框架，反而在文學史論述及小說創作，找到新的顛覆可能。因此在黃錦樹的文學與學術眼光下，南洋文學的視域有必要重估這些南來作者在動盪歲月的肉身苦樂與寫作意識。黃重寫郁達夫的動作，以論文及小說的形式，延續著郁達夫未完成的生產。這是一次文學肉身的探勘與實踐，重新發掘馬華文學流動的「現場」意義，以及跟南來文學對話的空間。

黃錦樹的小說挑釁禁忌，出入文學史觀。黃重寫郁達夫，已是他遠離南洋，旅居台灣的階段。他的書寫位置、調動的資源和文學史觀，相對郁達夫以肉身建構的詩學想像，黃的游離文字更說明了文學播散（dissemination）結果。南方的文學「現場」，因此更顯得層次繁複，介入不同的歷史時空結構，呈現了一次跨世代的對望與錯置。

---

[21] 最著名的研究成果，當屬日本學者鈴木正夫訪問了當年的日本憲兵，證實郁達夫的遇害。另外與郁達夫一同流亡的胡愈之、巴人等文人也寫過追憶文章，詳述逃亡經過。詳鈴木正夫，《蘇門答臘的郁達夫》（上海：上海遠東，1996）。

三、南方魅影：郁達夫的另一種生產

　　一九九〇年黃錦樹在馬來西亞得獎的小說〈M的失蹤〉，被認為是他首篇展現其反思文學史佈局的重要文本。文學經典的焦慮，大作家的失蹤和尋覓，所有長久困惑馬華文學的議題，被整合為一則懸疑且虛實交錯的故事，為黃意圖整理的文學史觀埋下伏筆。小說以尋找一篇在文學獎比賽中驚為天人的作品，展開馬華文學史上的作家與作品搜尋，一場文學大師（Master）的訪查之旅。失蹤的郁達夫正藉此縫隙走進了馬華文學史，成為小說中可疑的大師之一。黃首次讓郁達夫復活（他有多篇小說裡處理了郁達夫，詳後），成為馬華文學界焦躁尋找的大作家，並意有所指的羅列了一群被調侃的馬華及台灣作家當主角和配角，戲謔語言背後其實蘊含著一場攸關文學史與創作閱讀史的文學清理。對於文學獎（文學典律）的後設寫作，呈現了黃錦樹長期的關懷。小說裡的失蹤大師，大概可以延伸為後來作者在馬華文壇引爆論爭的「馬華文學經典缺席」[22]。這場論爭最核心的問題是，沒有大師，欠缺經典，文學史的論述如何可能？文學建制並不健全，「經典缺席」因此一直是馬華文學的夢魘，進一步浮現為黃小說裡的「症狀」。

　　郁達夫在一九三九年初抵南洋之時，應溫梓川等檳城文藝青年

---

[22] 關於「經典缺席」論爭的來龍去脈與相關文章，詳張永修、張光達、林春美編，《辣味馬華文學》（吉隆坡：雪蘭莪中華大會堂、馬來西亞留台校友會聯合總會，2002）。

要求回應馬華文學議題，提出的〈幾個問題〉也引發了論爭。[23]其中郁達夫呼籲「南洋若能產生一位大作家，以南洋為中心的作品，一時能好好地寫它十部百部，則南洋文藝，有南洋地方性的文藝，自然會得成立」[24]。郁達夫召喚大作家，變成了黃小說裡竭力調侃的一種馬華文學的病理結構。黃挖苦「大作家」或「馬華文學經典」，其笑謔姿態，似乎也有其自成一格的理由。〈M 的失蹤〉展示一齣作家評論家諸公上場演出的「文學史倫理劇」，竟以鬧劇的形式包裝，最可信的文學史「現實」，卻不斷引起「笑場」，文學史頓時變成虛擬的文學演出。存在的典律或待建構的典律，都已不是黃小說裡準備提供的答覆。

　　黃錦樹接著創作〈死在南方〉（1992）、〈補遺〉（1998）、〈大河的水聲〉（1999）、〈刻背〉（2001）[25]等作品都先後見到郁達夫的身影。他等於用了一組作品將郁達夫穿插為小說題材或背景，有意識的強調郁達夫個案可能釋放的一些歷史幽暗面。其中又以〈死在南方〉及〈補遺〉環繞在郁達夫的失蹤及後續荒誕事蹟，展開狂歡般的想像與慾望地誌的書寫。

---

[23] 這場論爭的意義和討論，詳林錦，《戰前五年新馬文學理論研究》（新加坡：新加坡同安會館，1992），頁 190-196。楊松年，〈從郁達夫〈幾個問題〉引起的論爭看當時南洋知識分子的心態〉，《亞洲文化》23 期（1999），頁 103-111。

[24] 郁達夫，〈幾個問題〉，收入郁風編，《郁達夫海外文集》，頁 482。

[25] 〈M 的失蹤〉及〈死在南方〉收入黃錦樹第一本小說集《夢與豬與黎明》（台北：九歌，1994）。〈補遺〉、〈刻背〉、〈大河的水聲〉則收入黃錦樹第三本小說集《由島至島》（台北：麥田，2001）。

　　在黃錦樹建構的馬華文學視域裡，郁達夫的南來及失蹤卻可能象徵著馬華文學的起源場景：曖昧的主體及肉身創傷。從晚清以降，南來基本表徵了流寓或流亡的喪亂經驗。當中流寓者無數的身體苦痛和災難，精神在異地的誘惑和慾望，往往只是個體的言說，無關文學史敘述。因此，他在論述裡特別總結了郁的三重形象：感傷的行旅者、零餘者、骸骨的迷戀者[26]。這裡提示了馬華讀者有一具無法繞過的慾望軀體，那正是南來文學裡蠱惑的文人形象。藉由這三個形象，黃錦樹現身說法道出小說寫作的初衷。這類似李歐梵指稱郁達夫乃孤獨的旅人[27]，體現著不確定、毫無目的的漂流與停駐。感傷、頹靡、飄泊構成一組自我形象的形塑。如此說來，流寓者的意義，重新提出了馬華文學流動的歷史座標。而關於郁達夫的再生產，不過是搬演魅影般的流寓者幽靈，召喚南來的歷史與記憶。

　　小說家敘事本在以假亂真。黃錦樹演繹失蹤後的郁達夫傳奇，有意無意間展露出他對寫於郁達夫失蹤後的長篇連牘紀念和追憶文章，一種嘲謔式的顛覆。無論是懷念、揭秘、攀交情，甚至是帶有學術性質的考證、文學批評或評價，多少都是一而再的消費郁達夫遺留在南洋的肉身傳奇。

　　〈死在南方〉是黃錦樹以後設小說形式，延續了針對郁的失蹤之謎進行廣泛寫作的另一種虛擬敘事。小說以第一人稱視角，仿照

---

[26] 詳注 15 黃錦樹前揭文。

[27] 李歐梵，〈孤獨的旅行者〉，氏著《現代性的追求》（台北：麥田，1996），頁 121-125。

口述歷史腔調，重建了逃難中化名為趙廉的郁達夫可能出沒於戰後防空洞的現場。小說架構趙廉流亡生涯片段的軸線，主要是以一連串重新發現的殘稿文字的斷片，質疑郁失蹤後可能生存的事實及狀況。尤其小說中出現的文稿對應著郁南來前的小說局部情節，更進一步操弄了敘事技法，以小說驗證小說，試圖闡釋解讀郁的幽靈如何重現於敘事，卻同時透過敘事指涉郁的失蹤／死亡在經驗意義上無法比對的客觀侷限。小說同時設下一個隱喻般的結局：郁／趙廉參與了日軍朋友為其安排的替身處決，以致交換的條件是永遠的失蹤。失蹤變成一種被迫的交換，變賣身分以苟活，面對歷史債務（當日軍的翻譯？變相的漢奸？）必須償付的代價。小說看似故弄玄虛，但意有所指的敷衍郁的未死傳奇，無異是設想流亡在歷史裂隙的一種存有狀態。相較那些以研究資料名義集冊的悼念、追憶及考證文章，小說家之「虛言」顯然難登大雅之堂。但也正是小說中的引文及敘事穿插的論述形式（那以假亂真的註解），促使後設故事另闢了一個歷史現場，填補客觀「史實」的上下文，指涉寓意深刻的郁達夫在地想像，成為馬華文學的一道內在流亡風景。

　　黃的小說技法虛實兼備，形成了別具一格的「後郁達夫」現象。後設佈局是敘事策略，但小說家自己忍不住作了旁白：「它是讓某些事物得以存在、顯現的一種權宜方便」[28]。換言之，小說後設的不是郁達夫失蹤，而是郁達夫被展示為一種狀態，一種以郁達夫失蹤的個案所意味的錯置主體，釋放出時空與存在經驗的荒謬感。小

---

[28] 黃錦樹，〈自序〉，《夢與豬與黎明》，頁3。

說雖然是續寫郁達夫傳奇，傳奇的意義不過是說明了其「異」，異化後的異域主體經驗，或身體感。骨骸可以看作是身體感的極端展示，驗證曾經存在的生命。郁所遺存的屍身，終究不知所蹤，消隱在炎荒之地。但郁迷戀「骨骸」，另外一種漢詩形式的存有，反而成為他流亡生命的最後見證。

黃錦樹在世紀末重新演繹郁達夫的屍身，不妨視為對錯置身分的歷史探索。黃旅居台灣廿年，從東北亞的島嶼回望赤道上的南洋半島，作品裡常見多重辨證的流離身影。他在研究生時期寫作〈死在南方〉最大的顛覆意義，在於以斷簡殘篇的小說遺稿方式，延續了郁來不及以小說記載的身體苦難或流亡經驗。郁達夫的「失蹤」成功讓「缺席」的主體，成為現代文學「官方」論述下完整「在場」的愛國作家形象。但黃偷換了郁「失蹤」的神聖意義，將「失蹤」變成不得已的苟活、偷生，甚至頹廢、莫名其妙的錯置。或許更精確的說法，黃的調侃和質疑，針對的不是郁達夫，而是郁背後一整套文學論述的「虛構」：少了血肉和流動的「現場」。因此從〈M的失蹤〉到〈死在南方〉，題目內的「失蹤」和「死」雙重闡釋了郁達夫在馬華文學系統內的存在意義，兼及對文學典律和文學肉身的重估。

黃展開的郁達夫敘事，從馬來半島延續到台灣寶島。相對健全的文學和學院建制，黃從論述與小說雙管齊下，讓他的「郁達夫論述」更為完整。這同時形成一種文學的游離與播散，另類的文學對話。於是，郁真正留存的身體感反而轉化為論者或小說家對想像的屍身的再創造，或只能從郁晚年留存的漢詩，辨識他最後的心靈與

肉身體驗。

郁達夫畢竟以小說揚名五四文壇，但那可以負載更多訊息的敘事文類，抽離了他最終的人生現場。這不也說明亂離之世，虛構的文類總顯多餘，難以企及內在的生命慾望與遭遇。因此，黃錦樹以小說模擬郁的主體經驗，像是臨近骨骸[29]，完成跨代的續寫或改寫。那以骨骸象徵的身體感，終得以小說的形式補充了血肉，尤其重現生命後期那來不及交代的細節。這其實不是郁達夫生命的盡頭，而是郁達夫傳奇的起點。

其中〈死在南方〉出現一組有趣的對照。黃以郁小說中人物的死亡，死在連串的沒落、衰敗、恐懼之中，代換郁達夫的死裡逃生。如同小說虛構的那一場交易，以消失換取死亡。死亡只會成為一堆骨骸，而消失（失蹤）則如同雷達上突然消隱的座標，不知去蹤，生死未卜，從而搜尋的範圍無限擴大，或像是百慕達海域的神秘檔案，在不同時空都有出沒可能。這生產出更大的慾望空間，好比馬華文學裡兩個帶有原型意味的起源性場景：一個象徵光輝南遷或歸航的鄭和下西洋。那是南來遷徙板塊上最輕易調動的資源，移民史的歷史現場。另一個是郁達夫的失蹤，一則象徵大作家南來，亂離、死亡、頹敗的流亡蹤跡。兩個具有象徵意義的「現場」，釋放的文學想像及文化慾望，基本上刻劃出中國境外流寓、移民、流亡的南洋史。

---

[29] 骨骸一直是研究郁達夫者感興趣的部分。鈴木正夫當年查訪郁的失蹤經過，也認真尋找過郁的骨骸。而近年官方形式的郁達夫學術研討會，更嚴肅的向世界華人發起找尋郁達夫骸骨的呼籲。接近骸骨，變成一種集體的想像郁達夫的慾望和形式。

箇中複雜的含意，也因為郁的失蹤，讓南來變成一個開放性的想像。

小說題目「死在南方」還有典故出處。那是台灣日據作家龍瑛宗的作品，假以名家之篇以成馬華文學選集之貌[30]。作者期待典律之用心，更能對照前者釋放的慾望深淵。南方曾經作為拓荒者開墾之地與流亡荒野，道盡了多少個體錯置的經驗。郁達夫的失蹤，不過是巨大典型的文藝象徵，重寫或復活南來之路的軌跡。埋骨，已是亂離之身的終點。那寫入五四文學史的郁達夫之死，也只是一則浪漫的南方想像，而且已是句點。南方成了郁達夫之死的前綴，試圖形容，但非關主詞。於是，黃錦樹刻意在〈死在南方〉的斷簡裡拼湊出郁達夫意味深長的背影——「他以不斷的歸來做最決絕的離去」。亂世苟活，存身無處。郁以文字的幽靈重現，流連於南方的身世，卻象徵他早已遠離的現場。小說藉由骨骸以重構郁達夫的身體感，不實為打造一把開啟南方的鑰匙。

四、銘刻的可能：肉身與骨骸

肉身與骨骸是一組相關，卻又對立的概念。肉身銷毀，骸骨才開始發生意義。客觀說來，骸骨確實發揮著一種實證的語意功能，指向遺跡、現場以及化作歷史的能指。當年鈴木正夫執著地追蹤郁的失蹤死亡真相，熱烈尋找骸骨。二十一世紀在郁的故鄉富陽，以

---

[30] 《夢與豬與黎明》小說集裡有多篇文章沿用或轉化名家篇名。作者在自序裡也作了說明。這種形式的設計，在第三本小說集《由島至島》更是極致操演。

郁的名義設立的中學的全體師生發表了「呼籲全球華人尋找郁達夫遺骨」倡議書[31]，意圖召喚愛國作家的歷史幽靈，以烈士立碑。然而，當集體大眾想像尋找骸骨重建歷史記憶的同時，郁達夫生前強調「骸骨迷戀」卻提醒著另一種有效的骸骨形式——漢詩。這種精粹的文化形式，成為郁達夫活生生的精神載體。

換言之，文字是郁達夫最後留下的骸骨。不論是在現代文學建制內顯得尷尬的漢詩，或南洋流亡、流離的移民生活場景，甚至獨立建國後馬來政教霸權下的社會結構；相對更大群體的文盲、勞動階層、社會的少數族裔，這些普遍的華人生存現象，使得骸骨與文字隱含的連結明顯有著一種詭異關係。文字終將成為骸骨的銘刻，一種生存經驗的最後見證。又或在南洋移民社會普遍難以掌握文字以表述自身經驗，只有少數菁英可以掌握精緻文字的前提下，文字才可能跟移民的精神發生連結。因此，文字的功能，是一種骸骨的想像？還是以肉身的樣態寄存？這具體鋪陳了郁達夫個案延伸的骸骨與肉身的對照。這涉及了流亡詩學的一個關鍵界面，精神是依附於肉身，或對應骸骨，成為弔詭的辯證。

黃錦樹在〈補遺／沉淪〉[32]一文極力推演其中的辯證關係，展

---

[31]　《每日新報》2000 年 6 月 27 日。

[32]　此文最初發表，題目為〈零餘者的背影〉。收入小說集中則改為分別以「沉淪」及「補遺」的題目出現在小說集的目錄與內文。其實，作者意圖以形式設計為小說的題目製造對應關係。全書收入的小說都有兩個題目，皆可對應馬華文學史上重要的代表作。作者虛擬「馬華文學史」選集的意圖，及其在該書封面安排兩個書名等等的形式操作的寓意，詳拙作，〈歷史與敘事：論黃錦樹的

現懸疑、幻魅的歷史及中國性想像。小說設計「作家身影」紀錄片的攝影小組，在接獲神秘日本男子高津關於尋獲郁達夫最後蹤影的重要出土證據後，從台灣飛往印尼進行調查和錄製的補遺。當時的印尼排華暴動正盛，攝影隊藏住在陰暗旅館，外面風聲鶴唳，長久在印尼生根的激烈種族衝突頻頻上演。但高津尋獲的證據竟然是一綑日軍南侵時發行的鈔票，俗稱香蕉票。更驚人的發現是鈔票上出現了可辨識的郁達夫筆跡。比對鈔票的字跡內容，他們幾乎可以確定，那是敘述郁達夫在失蹤後的生活片段，以第一人稱的敘事腔調，描述自己在日軍戰敗後被兩名日本軍官禁足及監視於荒島的經歷。換言之，這顛覆了過往對郁失蹤死亡的推測。小說後半部更進一步張揚郁存活的慾望，如何沉淪於荒島娶妻生子且成了回教徒，又或以另一結局描述其最終進入海盜窩，在海盜女頭目的女王風範下尋得庇蔭，頹靡啃噬著那骸骨般的偽古典中國世界。

　　作為一則補遺，小說聲東擊西，虛張聲勢，以嘲謔式的語言，設定為狂歡時空體（chronotope）[33]，呈現沉淪的肉身世界。黃錦樹一邊直陳華族移民面對種族政治的生存困局及錯置，另一邊直搗黃龍，曝顯弔詭的中國性成為形式幽靈。小說等於用了兩道敘事軸線劃出

寓言書寫〉，《中國現代文學研究》第 9 期（2006.6），頁 143-164。

[33] 這裡參照了巴赫金（Bakhtin, M. M.）對小說時空形式的討論，尤其以拉伯雷的小說為對象的研究，提出小說時間和空間交織形塑的時空體特質，決定了具體的體裁和風格，在文學史上成為一個有效的理解和分析範疇。詳巴赫金，〈小說的時間形式和時空體形式〉，《巴赫金全集（第三卷）》（石家莊：河北教育，1998），頁 274-460。

南來的縱深，更顯得亂世存身既是苛求，又是一場荒誕劇。尤其小說選擇用被遺棄的戰時香蕉票展開敘事，提醒敘事之「補遺」，根本是亂離的權宜。這是名符其實的遺棄敘事的追捕。當然也是黃錦樹針對郁達夫生命最後的喪亂，需要被填補的地誌慾望書寫。

　　小說描述在日本軍官仁慈的網開一面下，戰後的郁達夫不必死而是被囚禁荒島。回到一個跟荒島土著共生的最初流離場景（南來的原始場景？），兩個監控的日本人因其長官熱愛文學，逼著郁達夫為自己最後的放逐歲月，以小說形式留下文字記錄。囚於荒島竟是為了書寫，這荒誕的放逐理由有著複雜的脈絡。事實上，郁的最後生命光景是在日軍入侵南洋期間流亡避居蘇門答臘。但敘事如何捕獲流亡經驗，或流亡怎樣成為敘事的慾望，無形中已是肉身與文字的辨證經驗。黃錦樹設計郁達夫用小說替自己留下最後的書寫，其實回應著現實裡的郁達夫在孤獨行旅中，只能以漢詩經營的自我形象。漢詩裡的身影貌似流亡，趨近放逐，以致那總是哀毀自傷，難以自抑。

　　郁在失蹤的前幾年幾乎以古典漢詩記載喪亂，十一首的〈亂離雜詩〉及〈無題〉四首，都是用感傷時間記錄生命最後圖景。這說明漢詩形式，有效安頓和表述流離狀態下的慾望身軀。漢詩刻畫主體的片段經驗，以曠古共享的原始情緒，召喚避難流離的抒情型態。郁達夫對寫作漢詩已自我調侃為骸骨迷戀，在新文學的眼光下更被視為戀物儀式。不過，〈補遺／沉淪〉中出現的補遺不是漢詩，卻是小說。黃錦樹以小說形式從郁的肉身入手，至少在象徵意義上替郁達夫不曾為南洋留下的新文學遺產，拓展其另一層的生產意義。

　　另外，黃在小說裡設計兩段式的寓言結局，各有不同指涉。第一段結局是當攝影隊終於在一座私人購置的荒島找到郁的埋骨之處，攝錄的「作家身影——零餘者的嘆息」有了最好的收尾。郁終老於荒島，以皈依回教的信道者身分，仿朝聖之姿下葬。入鄉隨俗的郁跟島上姑娘結婚生子，流離的身軀找到終極的歸宿。黃錦樹對第一段結局的處理，提供了許多聯想。郁的骨骸終於找到了他的神，入土為安，還是戲謔式的調侃流亡者莫名其妙的荒誕結局？作為回教徒的郁達夫等於質問著南來的終點或唯一的終點：信道了嗎？而骨骸權宜的以朝聖之姿入土，完成了信道者的儀式，流離之軀的安頓。漢人移民南洋的集體命運，似乎帶有悲劇味道的宿命，郁達夫已先行完成。這是重寫失蹤郁達夫的最大反諷，帶有種族政治的狂想。郁達夫由此成為真正的南方作家，充滿無庸質疑的南洋色彩。

　　這個結局恐怕是黃錦樹最詭異大膽的設計，卻內含一股憂傷的力道。但相較於黃錦樹另一篇充斥穆斯林政治隱喻的〈阿拉的旨意〉，[34]則強烈質疑信道者是先驗的被揀選。漢人移民當了回教徒，在種族政治內也是次等回教徒。這不正好提醒讀者，回教徒郁達夫的安排根本是一場鬧劇。前者是以寓言化角度將南來華族遭遇異族及宗教強勢規範下的不堪處境懸置，變成一則充滿嘲諷力量的政教寓言。但後者等於進一步將現實中仍屬失蹤（沒有埋屍地點，沒有骨骸）的流亡者郁達夫虛構成一則黑色狂想曲。換言之，信道者儀

---

[34] 收入《由島至島》。該小說在馬來西亞及中國大陸都以種族及宗教的禁忌為由，不得刊載。

式不過是一廂情願的癡人說夢。同時在小說主要的敘事聲音之外，攝影隊身處的印尼正發生日漸緊張的排華種族政治。這根本暴露出南來者與回教徒仍是移民政治及移民史上懸而未解的困境。小說結局將郁達夫變成回教徒，黃錦樹的補遺確實詭譎，笑聲曖昧。這讓書寫成為一種歷史姿態，以狂歡敘事清理歷史的糾葛。

嚴格說來，補遺到這裡只回應了南來的第一層敘事。那是「作家身影」紀錄片模式的線性時間敘事，從生到死的完整紀錄。然而小說卻在此來了一個峰迴路轉。準備搭船離開荒島的攝影隊，竟遭遇海盜挾持而進入到一個太虛幻境般的偽中國世界，並遇上酷似郁達夫的老者。郁達夫的生死又再度變成謎團。小說的敘事轉折顯得突兀，似有斷層。但我們不妨理解這是敞開第二道敘事的鑰匙。

相對前半段以紀錄片式的考查，追蹤郁達夫最後的藏身之處，後半段的敘事重點轉入早已縱橫馬六甲海峽的海盜故事，甚至虛擬具有景觀（landscape）意義的古典中國符碼。小說顯然刻意帶入一個橫行境外中國最早的漢人職業群體——海盜。那些在南方海域活動的海盜群體，本來就是漢人境外行旅的一種延伸。攝影隊被綁架帶到海盜世界，進入了布置成古中國的樓台亭閣景觀，身著唐裝的海盜像古裝片的演員。這些安排隱約突出作者的言外之意。南來遷徙及移民中的「遺民」狀態（或相對印尼排華氛圍下的「夷民」），總以中國性的消費作為認同政治。換言之，在這群人身上並存了遺民、移民、夷民的複雜身分想像[35]，鋪陳出一條南來移民的歷史軌跡及

---

[35] 王德威教授以「三民主義」指稱移民、遺民及夷民三種海外華人彼此消長的

精神意義。

　　小說之前安排郁達夫埋骨荒島，只是搬弄移民政治的諷喻。但敘事一旦進入海盜之家，操作的元素則導向遺民詩學。小說將所有記載於香蕉票的補遺毀於大火，如此一來可以補遺的不再是敘事，而是肉身。小說最後用誇張詼諧的腔調，在日本研究者的考古及收藏癖上作文章，調侃他們成功將荒島上郁達夫的屍身掘出，變成了日本博物館的標本[36]。同時屍身上男性性徵的三寶被搶奪流落到不同收藏家的手上把玩，將其屍化、戀物化、古董化，從遺民氣息的腐朽誇張延展到性的狂想。性嘲謔及狂歡的極致，不也暗喻著遺民詩學的力比多（libido）？郁達夫生命晚年以肉身形式（嫖妓、再娶妻生子、寫作骸骨般的漢詩）展演的流離歷程，處處是沉淪的身影。

　　最後，小說的敘事節奏再變，以蔣宋美玲在異邦叼著用郁達夫的一寶做成的菸斗，竭盡所能影射描繪這一批民國流亡政權的政治貴族及文化遺老，活在老中國庇蔭下的僵化、物化傾向。其中尖酸嘲謔比起張愛玲的「泡在酒精缸裡的孩屍」（〈花凋〉）更有過之，

身分及認同。詳氏著，〈壞孩子黃錦樹〉，收入黃錦樹，《由島至島》，頁12-15。

[36] 黃錦樹將郁達夫標本化的作法，同樣出現在〈大河的水聲〉。那篇小說描述一位馬華大作家「茅芭」（茅盾＋巴金？）的離奇死亡，最後竟以標本形式出現在有收藏癖的馬華民間研究者的密室。小說嘲謔了馬華大作家都是密室內的「不朽」標本，意在批判馬華文學界長期存在的自我吹噓，相互抬舉的「自我經典化」陋習。郁達夫赫然出現在標本行列之中，加劇了馬華作家「經典」分量的效果（笑果）。

並增添淫猥的氣味。小說在挖苦郁達夫感傷浪漫的沉淪本色之餘，卻也抵銷了郁達夫失蹤所引發的歷史效應，鑿開一個死亡與淫猥並存的慾望深淵。回到我們剛才提起的小說第二道敘事的結局，海盜築起的偽古典世界等於是一場「表演中國性」[37]的布景，垂垂老矣似假似真的郁達夫最終棲身於母儀天下的海盜首領老女人身邊。一輩子周旋在女性之間的郁達夫，終於名符其實的以沉淪告老，沉淪在中國性的憑弔儀式。

這架設的第二層敘事策略，正大光明的把「補遺」留給了肉身。借用黃錦樹自己的說法：

> 歷史原即是一樁收集、處理屍骸的活動。而在文字（精神）的背後終歸是血肉；文學、身體、文字與死亡——作為棺木的馬華文學史體制裝不下這一切——屍首並不經驗實證的在場。這筆遺產，只有文學，只有書寫才有可能承接。[38]

郁達夫的骸骨成謎，變為一場歷史慾望的力比多敘事。各種妝點郁達夫失蹤之謎的考證書寫，在黃錦樹的概念裡充其量不過是一場文物考古，彷彿一場古典中國的還原與再現。黃以小說文類所規範的虛構契約，為這場考古儀式做了一次敘事的重現，骨骸還原為日本博物館裡的屍身標本，甚至遺留三寶在異邦繼續沉淪流浪。這是黃錦樹以小說逼近中國性最淫猥的憑弔，郁達夫的生死之謎已成生死

---

[37] 黃錦樹以為馬華社會長期根植的中國性帶有一種表演性質。那也是移民社會對中國性的想像形式。詳氏著，〈中國性與表演性：論馬華文學與文化的限度〉，《馬華文學與中國性》（台北：元尊，1998），93-161。

[38] 黃錦樹，〈境外中文、另類租借、現代性〉，頁103。

之慾。由此我們可以認定黃錦樹建構的已是一種流亡的遺民詩學，且以狂歡的體式爆破抒情傳統溫柔敦厚的一面。郁達夫的屍身，或以漢詩鑄造的詩身，恰是彰顯晚清以來的現代性風暴中堆疊的歷史殘骸，中國性力比多的原址。在此層面上，黃等於用小說雄辯式的印證郁達夫可視作南來的象徵性起源。

　　回到郁達夫延伸的骸骨與肉身的辨證，黃錦樹藉小說敷衍骸骨的極致想像，提出文字的延異、再生產的多重可能，其實也顧慮著骸骨背後表徵的文字，可能與精神之間的脫落。於是，小說的「補遺」最終還原到肉身，暗示著主體精神的展示，在亂離與文化建制飄搖的移民社會，終究是以肉身為仲介。因此，另一篇小說〈刻背〉裡出現在南天酒店的郁達夫，成了小說中神秘角色福先生的漢字夢魘。這個沉淪到南洋的新文學大作家，因緣際會成了極具蠱惑性的文字象徵，暗示著流亡的漢字的可能歸宿。我們熟知現實中的郁達夫選擇精緻的漢詩，將自身拋置到一個歸返的文化系統，儘管肉身的流離已不知所蹤。但黃的策略，則是描述了對漢字與中華文化癡狂的老外福先生，選擇了殖民者加諸苦力的殘酷手段，對不識字的苦力「文身」，將漢字刻入苦力的背上。我們可以看作這是作者大膽實驗的一次「漢字的流亡方案」，以此將「道呈肉身」作最具體的表現，對馬華文學內的文化記憶和移民肉身的「銘刻」做了最具想像力的實踐。小說裡為這套策略作了一次理論性的說明：

> 一種不可替代的革命性的現代主義方案，用最現代的文字
> 形式、活生生的載體、立即性的發表、隨生命流逝的短暫
> 性──瞬間性的此在 dasein 而存有、絕對不可翻譯的一

次性、絕對沒有複本、而徹底的超越了中國人的中文書寫

侷限於紙或類似紙的無生命載體。[39]

　　這是一次最赤裸裸展示與強調肉身的意義，以紋身的痛，隱喻性的刻劃了無數具流亡在南洋現場的移民主體。這些帶著紋身的苦力是小說裡追蹤的一個即將湮滅消逝的族群，意味著流亡的漢字與無數南來的沉默無聲的勞動者，構成一種最血淋淋的文化招魂，一種符咒般的肉身胎記或印記。換言之，黃錦樹透過小說表現了一種賦形流亡經驗的最佳形式，郁達夫身影成了將肉身視作無限想像的一個起點，或馬華文學最具原型意義的創傷經驗。

　　考古是一場鞭轍史料帶有實證意味的敘事。但敘事本身蘊含的想像與魅力卻容易在論文規範裡消失無蹤，或成為不甚起眼的註腳。那些郁達夫生命最後的片段，殘存在各人回憶紀念文章裡的需要補遺的素材，如今在黃的小說裡被狂想地搬演了一次。郁達夫的迷戀骸骨，到了黃手中倒成了瘋狂的骨骸。箇中的黑色幽默及鬧劇成分，若認真說來，可視為境外中文的一場現代性的慾望敘事，發出其歷史沉淪的曖昧笑聲。那何嘗不是黃錦樹一貫的小說腔調。而郁達夫真正留給我們的已是「作家魅影」，一場可以開發的慾望地誌書寫。

　　如果郁達夫的南來失蹤死亡是整個文學播遷的一種弔詭，黃錦樹的改寫卻提醒我們注意他「北上」台灣的位置，這也是流動的文學事實。台灣是相對馬華而言更豐厚的文學場域，但在大中華的文學版圖內還是邊陲。他在這個中國境外的南方島嶼寫作，以自身流

---

[39] 黃錦樹，〈刻背〉，《由島至島》，頁 353。

動的邊緣意識去反思演繹郁達夫的流亡身世，島與島之間形成文學的隔代遷徙和對話。這是雙鄉寫作意識的一部分，當然更屬於未曾停止的區域文學流動。因此他從郁達夫身上採取的虛構敘事，展現出地域書寫的張力，以辨證文學現場和歷史記憶的關係。這恐怕是另一次郁達夫神話的開始。

引用書目：

Alison Groppe.（古艾玲）"The Dis/appearances of Yu Dafu in Ng Kim Chew's Fiction." *Modern Chinese Literature and Culture*, 22. 2 (Fall 2010)：161-195.

〈呼籲全球華人尋找郁達夫遺骨〉，《每日新報》2000 年 6 月 27 日。

巴赫金（Bakhtin, M. M.），〈小說的時間形式和時空體形式〉，《巴赫金全集（第三卷）》，石家莊：河北教育，1998，頁 274-460。

方　修，〈《郁達夫抗戰論文集》序〉，收入王自立、陳子善編，《郁達夫研究資料》，北京：知識產權，2010，頁 471-474。

王　孫、熊融，《郁達夫抗戰詩文鈔》，福州：福建人民，1982。

王任叔，〈記郁達夫〉收入李杭春、陳建新、陳力君主編，《中外郁達夫研究文選》，杭州：浙江大學，2006，頁 58-88。

王德威，〈壞孩子黃錦樹〉，收入黃錦樹，《由島至島》，台北：麥田，2001，頁 11-35。

李慶年，《馬來亞華人舊體詩演進史》，上海：上海古籍，1998。

李歐梵，〈孤獨的旅行者〉，《現代性的追求》，台北：麥田，1996，頁 117-137。

林　錦，《戰前五年新馬文學理論研究》，新加坡：新加坡同安會館，1992。

林幸謙，〈郁達夫的血肉紅塵〉，《叛徒的亡靈》，台北：爾雅，2006，頁 54。

胡愈之，〈郁達夫：愛國主義者和反法西斯的文化戰士〉，收入李杭春、陳建新、陳力君主編，《中外郁達夫研究文選》，杭州：浙江大學，2006，頁 206-209。

胡愈之，〈郁達夫的流亡與失蹤〉，收入胡愈之、沉茲九，《流亡在赤道線上》。北京：三聯，1985，頁 41-78。

郁達夫，〈《星洲文藝》發刊的旨趣〉，收入郁風編，《郁達夫海外文集》，北京：三聯，1990，頁 596-598。

郁達夫，〈胡邁來詩，會有所感，步韻以答〉，《郁達夫全集·卷九》，杭州：浙江文藝，1992，頁 223。

郁達夫，〈幾個問題〉，收入郁風編，《郁達夫海外文集》，北京：三聯，1990，頁 480-485。

郁達夫，〈骸骨迷戀者的獨語〉，《郁達夫全集·卷三》，杭州：浙江文藝，1992，頁 82-84。

孫逸忠，〈郁達夫戰時對星馬華文文學的貢獻〉，收入莊鍾慶編，《東南亞華文文學與中國現代文學》，福建：廈門大學，1991，頁 146-160。

高嘉謙，〈歷史與敘事：論黃錦樹的寓言書寫〉，《中國現代文學研究》第 9 期（2006），頁 143-164。

張永修、張光達、林春美編，《辣味馬華文學》，吉隆坡：雪蘭莪中華大會

堂、馬來西亞留台校友會聯合總會，2002。

張紫薇，〈郁達夫被害前後〉，收入王潤華編，《郁達夫卷》，台北：遠景，
　　　　1984，頁 337-367。

張錦忠，〈黃錦樹的離散雙鄉〉，《誠品好讀》第 55 期（2005 年 6 月），
　　　　頁 99。

陳福亮，《風雨茅廬：郁達夫大傳》，北京：中國廣播電視，2004。

黃錦樹，〈M 的失蹤〉，《夢與豬與黎明》，台北：九歌，1994，頁 10-42。

黃錦樹，〈大河的水聲〉，《由島至島》，台北：麥田，2001，頁 41-84。

黃錦樹，〈中國性與表演性：論馬華文學與文化的限度〉，《馬華文學與中
　　　　國性》，台北：元尊，1998，頁 93-161。

黃錦樹，〈死在南方〉，《夢與豬與黎明》，台北：九歌，1994，頁 182-210。

黃錦樹，〈自序〉，《夢與豬與黎明》，台北：九歌，1994，頁 1-6。

黃錦樹，〈刻背〉，《由島至島》，台北：麥田，2001，頁 325-359。

黃錦樹，〈華文少數文學：離散現代性的未竟之旅〉。《香港文學》第 239
　　　　期（2004 年 11 月），頁 4-8。

黃錦樹，〈補遺〉，《由島至島》，台北：麥田，2001，頁 267-290。

黃錦樹，〈境外中文、另類租借、現代性：論馬華文學史之前的馬華文學〉，
　　　　《文與魂與體》，台北：麥田，2006，頁 79-104。

楊松年，〈從郁達夫〈幾個問題〉引起的論爭看當時南洋知識分子的心態〉，
　　　　《亞洲文化》第 23 期（1999 年 6 月），頁 103-111。

鈴木正夫，《蘇門答臘的郁達夫》，上海：上海遠東，1996。

劉　納，〈舊形式的誘惑：郭沫若抗戰時期的舊體詩〉，《中國現代文學研
　　　　究叢刊》第 3 期（1991），頁 188-202。

鍾敬文，〈《天風海濤室詩鈔》跋語〉，收入楊哲編，《中國民俗學之父》。

　　合肥：安徽教育，2004，頁 163。

† 本文初稿〈黃錦樹、郁達夫與馬華流亡詩學〉曾宣讀於「離散與亞洲

小說研討會」（ "Colloquium on Diaspora and Asian Fiction" ），國

立中山大學離散／現代性研究室主辦，高雄：國立中山大學，2008 年 1

月 14 日。後刊載於《台大文史哲學報》第 74 期（2011 年 5 月），頁 103-

125。

離散馬華與文學史：
黃錦樹的論述／小說個案觀察

一、「離散馬華」的文學脈絡和表述

　　廿一世紀以來，台灣學院內以馬華文學為對象的學位論文和研究論文逐年增加，台灣文學史的寫作也相應觸及這個新興的文學社群。中國大陸、新馬地區、北美漢學界關注馬華文學的相關學者，面對「在台馬華文學」，兼及「在馬馬華文學」[1]具體的文學成果和

---

[1] 「在台馬華文學」泛指從一九六〇年代以來馬來西亞留學生在台灣就學、移居而形成的文學創作、論述、出版傳統，也兼及未曾留台者的創作在台灣得獎、出版、流通的文學現象。此辭彙近年經過張錦忠教授正名已廣為運用。相對「在台馬華文學」已成規模，在馬來西亞當地長期深耕發展的馬華文學則權宜以「在馬馬華文學」命名。詳張錦忠：〈（八〇年代以來）台灣文學複系統中的馬華文學〉，《南洋論述：馬華文學與文化屬性》（台北：麥田，2003），頁 135-

文學存在樣態，也產生不少具有批判性和思辨意義的論述。而「華語語系文學」（Sinophone Literature）是近年討論華文文學最受矚目的議題，馬華文學作為其中重要的討論個案，凸顯了其建立在離散華人／華文脈絡下的基礎。張錦忠進一步以「馬來西亞華語語系文學」（Sinophone Malaysian Literature）命名馬華文學，並在文學系統內定義其性質「離散在中國之外的華文文學」[2]。因此當我們將「在馬馬華文學」視為新馬離散華人百年來繼承、延續和開展的華文書寫脈絡，以及在跨國流動背景下形成的「在台馬華文學」另有不可忽視的離散傳統和事實，「離散馬華」就可以解釋為一種比喻性的說法，以及有意義的論述框架，尤其在相對「本土馬華」概念下，離散馬華可以從南來文人脈絡、境內的離心隱匿書寫，以及跨境離散移居的諸面向，展示出對馬華文學不同的觀察脈絡，甚至建設出另一視角的馬華文學史視域。相對本土馬華是從戰後馬華文藝獨特性論爭中奠定的在地現實，對在地家國、民族和文化的認同，濃郁的地方色彩和在地感，以及將文學實踐轉喻為對馬來西亞政治的參與和投入，期待一個改變的契機，儘管這樣的契機是緩慢進行，或未來式

150。台灣大百科全書網站也收入由黃錦樹撰寫的「在台馬華文學」詞條，顯然此稱謂已成學界共識或已有足夠的學術代表性。http://taiwanpedia.culture.tw/web/content?ID=4640

[2]　張錦忠：《馬來西亞華語語系文學》（吉隆坡：有人，2011），頁 9-15。史書美也同樣提出「馬來西亞華語語系文學」的概念。詳史書美：〈What is Sinophone Malaysian Literature〉，第五屆馬來西亞國際漢學研討會，2008 年 9 月 12-13 日，吉隆坡：博特拉大學現代語文和傳播學院外文系中文組。

的。一個馬華文學主體的建構，成為討論本土馬華的潛台詞。

　　當然，「離散馬華」和「本土馬華」都有其難以清晰劃分的邊界，也不是截然兩分的範疇，而是近年眾多馬華文學論述中，一個隱然成形的辨證趨勢[3]。其中「離散馬華」在文學表述上，頻繁探究的幾個重要關鍵詞：移民史、南來、離散、雙鄉、民族創傷、南洋性和中國性等，至少從論述和文本的雙重實踐下有了一個頗具規模的文學史界面，觸及到我們如何討論馬華文學，認知和理解馬華文學的基本視域。離散馬華概念的建立，在華語語系文學和離散流動的論述梳理下已成為討論馬華文學的一個前置視野，或一個文學發展脈絡。在現有的相關論述和文學實踐成果內，離散馬華至少呈現出兩種介入馬華文學的力道。

　　首先是對馬華文學存在的結構問題的批判性反思。無論是文學寓言化處理的政治、族群問題，或是流放詩學的展現，都在馬來西亞族群政治現實下得以成立。再者，離散馬華捕捉和呈現了一種再流動的文學寫作狀態。作家的移居遷徙、在地馬華寫作者尋找外援

---

[3]　近年來張錦忠、黃錦樹、李有成等學者在馬華離散論述上的討論成果豐碩，連同旅美學者王德威、史書美，以及台灣學者邱貴芬、劉亮雅、蔣淑貞等人都在馬華離散論述上關注和討論馬華文學。除此，莊華興、林春美、朱崇科、許文榮等學者對在地、本土的馬華文學主體性的處理則投入甚多，也較為熱烈。此處僅就研究成果做粗疏的觀察，歸納兩種研究和思考馬華文學的路向，無意將其劃分為兩大陣營。畢竟馬華文學的體積和容量並沒有劃分成兩大陣營的必要和條件，更重要的是以上學者都難免會涉及相對應的論述，不能一概而論。諸如陳大為、鍾怡雯的馬華論述就遊走於兩大範疇。

出路，在台灣、大陸的得獎、出版，成為理解馬華文學作為華人少數民族文學的困境和格局。相對本土馬華著力於文學與家國的緊密辨證，從中積極建立馬華的本土主體性，離散馬華則藉此劃出一個外部的目光，策略性反思馬華文學的發展歷程與家國想像的弔詭關係。換言之，離散馬華凸顯其作為一套表述馬華文學的敘述話語，在於其繼承了百年來馬華社會發展歷程中，離散華人存在的內在精神結構。（儘管華人的認同意識有異，但大體作為弱勢族裔，以及對族裔的發展前途持保留態度，或仍有疑慮是普遍的華人意識）因此，檢視「離散馬華」作為文學史上有效的詮釋框架，我們可以從南來的脈絡細說重頭。

　　長期以來，南來都應該看作馬華文學史的一個重要議題。從南來的文學脈絡思考，張錦忠提出「馬華文學一開始就是離散文學」[4]，設定了文學史必須處理或無法處理中國南來文人生產的「海外」文本，如何在文學系統內安置的問題。他以「中華屬性」（Chineseness）和「地方感性」（sense of place）作為安頓「海外」文本的判準，等於同時拋出一個難題。南來的文本到底該有多少成分的「地方感性」才足以構成在地文學的一部分，顯然就有爭議。晚清時期多次進出新馬兩地的嶺南詩人康有為，創作的流亡漢詩充斥中國意象和祖國情懷（這關係著漢詩的美學規範和主體經驗），卻偏偏是置身南洋炎

---

[4] 張錦忠：〈重寫馬華文學史，或，離散與流動：從馬華文學到新興華文文學〉，張錦忠編《重寫馬華文學史論文集》（埔里：國立暨南國際大學東南亞研究中心，2004），頁 55-68。

荒絕島的憂患之作。蘇州常熟詩人楊雲史南來短短三年餘，卻以詩架設其南溟視域，歷數華人南洋拓殖史和遷徙史，背後卻往往帶有中華帝國的朝貢外交想像。我們該如何處理／辨識這些境外「中國文學」／離散漢詩的地方感性，或視其為馬華漢詩的「文庫」，重新建立其在南洋的「地方感」或在地脈絡？當我們嘗試理解這些漢詩寫作對馬華文學史的意義，已在凸顯一個描述文學離散和地方感的過程中，處理這些馬華古典文學階段出現的文本的困難。張錦忠所提出的問題，點出了我們如何在文學史描述文本與作者，這等於反思如何建立一個有效的馬華文學史系統適當的描述和安置「南來─離散」文本。

從十九世紀末期到戰後初期，南來文人的往返奠定了一個馬華南來作家的離散譜系。儘管在殖民地階段曾有過馬華文藝獨特性的倡導以及左翼文藝勢力崛起，馬華文化／文學主體性的誕生與否成為爭論焦點[5]。但南來離散是一個馬華文人群體組成和興起的客觀脈絡，離散者的知識和文化播遷就相對複雜，更遑論介入文學與政治的糾葛。離散譜系在描述這些文學群體和文學系統內的存在面向的同時，也說明文學的政治詩學策略在不同階段的不同表徵模式。

馬來西亞獨立建國後，離散馬華的有效表述脈絡，恰恰在於馬

---

[5] 黃錦樹和莊華興在此議題上有過不同論點的表述。詳黃錦樹：〈製作馬華文學：一個簡短的回顧〉，第一屆亞太華文文學國際學術研討會，2010 年 10 月 1 日，三峽：台北大學中文系主辦。莊華興：〈馬華文藝獨特性論爭：主體（性）論述的開展及其本質〉，東南亞區域研究年度研討會，2004 年 4 月 22-23 日，淡水：淡江大學東南亞研究所主辦。

來政治霸權和馬來民族主義底下存在的華人種族、文化和語言問題。張錦忠提出的離心和隱匿書寫症狀，直指馬華書寫處於自我邊陲化的本質和普遍狀態[6]，儘管是無涉政治的文學書寫，只因華人／華文書寫涉及道義負擔（抵抗政治或文化傳承），總難免成為政治的生產，或暗合了民族寓言的形式。「民族─非國家文學」和「無國籍華文文學」的論述成為我們理解離散文學系統的重要面向[7]。在此離散視域的另一面，為強調馬華主體性的本土建構，必須更積極觀察馬華書寫與家國意識漸進轉折和結合的歷程，尤其跨越族群邊界的文學經營和翻譯實踐，雙語創作，都可以在接近國家文學觀念之際，建立自身的主體位置，但前提是必須摒除或否定這個馬華主體的離散本質和狀態。[8]

　　然而，弔詭的是，恰恰因為馬華文學存在的離散特質，賦予了馬華文學更開闊的文學視野和敘事魅力。九〇年代以來，作為離散

---

[6] 張錦忠：〈書寫離心與隱匿：七、八〇年代馬華文學的處境〉，《南洋論述》，頁 61-76。

[7] 黃錦樹的「無國籍華文文學」固然有其意圖批判的狹隘的民族國家文學論述。但黃的論文發聲和刊載的位置，卻是「誰的台灣文學史？」的脈絡。換言之，黃是同時跨足於兩個地區文學史的場域內。離散馬華已不純粹是游離的主體，而是有效的外部視域和批判策略。黃錦樹：〈無國籍華文文學〉，《文化研究》第二期（台北：遠流，2006），頁 211-252。張錦忠的《關於馬華文學》已直接以「有無國籍的華語語系文學」作為認知馬華文學生產狀態的關鍵視角。該書已接近離散馬華文學譜系的文學史書寫初稿。

[8] 這部分的論點，詳莊華興：〈國家文學體制與馬華文學主體建構〉，《國家文學：宰制與回應》（吉隆坡：大將，2006），頁 8-23。

馬華視域下最重要的個案——「在台馬華文學」，這一自一九六〇年代漸進形成的文學創作隊伍，透過各類型的書寫在台灣文壇建立自身的寫作傳統。這支頗為耀眼來自熱帶的兵團[9]，或因此成為台灣的在地作家，或以台灣為出版根據地，形成台灣文學內少見的「附生」或「依存」形態，也進一步深化了離散馬華的概念。

　　「在台馬華文學」以文學創作和學術論述為主的生產，在台灣文學和學術場域漸進積累了不少的文化資本，引起注意。雖然依舊是小眾的市場，「在台馬華文學」卻呈現了迥異於台灣文學的文學印象和風格。歷史幽暗意識的雨林和橡膠林，馬共傷痕，華人移民的生存寓言，族群政治的邊緣處境，甚至某階段呈現的中國文化的回歸和流放意識，南洋性和中國性交織的南洋印象，成為一幅獨特的台灣熱帶文學風景。其中李永平、張貴興、黎紫書、黃錦樹小說藉助於台灣文學交流管道達成的英譯和日譯，架設了馬華文學新的傳播方式。二〇一〇年李永平《吉陵春秋》和張貴興《群象》經由「台灣熱帶文学」的形象[10]以日譯本面貌出現，呈現了馬華文學的閱讀

---

[9]　一九九〇年代以來，馬華背景的創作者先後在台灣的各類文獎項中獲獎，並在文壇嶄露頭角，頗引人注目。這大概是台灣各類文學獎創辦以來，人數最多、地域最集中一個外來得獎群體。其時雜誌曾以「文學奇兵」描述這批外來兵團。如此稱呼恐怕到了今天依然有效。二〇一〇年最新公布的兩大報文學獎，依然可見馬華背景的作者獲得多個獎項。只是這次的情況更有意思，部分獲獎者曾留學台灣，但都已離台返馬深耕多年。而台馬文學之間的影響和互動顯然有更密切的意義和脈絡。詳陳雅玲：〈文學奇兵逐鹿「新中原」〉，《光華》第 23 卷第 7 期，1998 年 7 月。

[10]　「台灣熱帶文學」一詞作為翻譯書系的名稱，是編輯顧問黃錦樹教授提出的

和傳播的新方式。此次的翻譯，似乎也說明了馬華文學疊架於台灣文學內部的意義，其不僅僅是台灣文學的異域情調，更藉此帶動「在台馬華文學」走向更廣大的讀者，組成一個規模更為繁複和龐大的台灣文學世界。換言之，離散馬華的越境跨界，跨足在兩個不同的文學視窗，延伸出馬華文學的接受和播遷的複雜意義。同時在文學史意義上，重新奠定其作為華文文學經典的認知。

　　在離散文學敘事以外，「在台馬華文學」替離散馬華賦予更具體的論述生產。「在台馬華文學」長期呈現一種華人生存處境寓言化和歷史化的印象，除了是寫作者對相關題材感興趣，不能忽略的是配合文學創作而相應誕生的文學論述。對旅居／移居台灣的這群作家和學者而言，他們顯然意識到一個更核心的馬華議題必須處理。於是重新建立討論馬華文學的基礎，釐清馬華文學史內部延伸出的文學與認同機制，這背後複雜的歷史意識、族群政治、文化想像以及華人移民史的種種問題，都需要深究和架設可以討論的平台。

　　換言之，在台馬華論述變得可能，在於很多未經解釋，以及未及清理的文學史基礎和背景還處在經驗或常識層面，不曾在文學史的框架中被理論化。除了論者出身學院的訓練，旅台的距離和眼光，他們同時面對著一個對馬華文學生成與存在結構幾乎沒有嚴謹的理論建樹，或無法讓他們信服的文學史整理，以及在台已有傳承的馬

概念和創意。這固然可以簡單看作一個行銷的概念辭彙。然而，也因為經由翻譯計畫的推動，可以重新反思熱帶文學作為一個文學書寫脈絡在台灣的文學史意義，以及離散馬華文學的傳播和越界。

華文學生產。因此馬華論述的可能性，從處理「為什麼馬華文學」而進入核心的歷史、政治和文化結構，在台灣學術場域建立馬華的文學產業，儘管馬華文學屬於境外移入的案例。此論述的發展脈絡從九〇年代初延續至今，產生了不同階段對文學史和文本的思考，甚至沒有台灣留學經驗的馬華在地學者莊華興，也介入和影響了在台馬華論述的格局。在馬與在台的馬華論述的疊合所產生的深遠影響[11]，為馬華文學作為研究對象提供了必要基礎。

　　本文擬探究赴台留學、移居落戶和從事創作、學術工作的黃錦樹，作為「離散馬華」的實踐者和體驗者，檢視其馬華論述和小說文本，如何實踐個人的馬華書寫趣味和想像，以及在重建／反思馬華文學的討論標準和界面為要務的論述動機下，隱然建構的馬華文學史視域。作為集論述和文學想像於一體的個案，放在馬華境內和境外都顯得特殊。本文因此簡要描述黃錦樹和馬華論述的發展歷程，再以黃錦樹的小說和論述涉及的兩種文學史視域：「離散—失蹤」，「民族—創傷」，作為個案文本的討論和分析。

---

[11] 兩地馬華文學論述的疊合，當然還包括旅台學者九〇年代在馬來西亞當地引起的「經典缺席」、「斷奶論」、「大系選編」等議題。後期值得關注的當屬「國家文學」、「離散文學」等。相關文章詳張永修、張光達、林春美編：《辣味馬華文學》（吉隆坡：雪蘭莪中華大會堂、馬來西亞留台校友會聯合總會，2002）。莊華興編：《國家文學：宰制與回應》（吉隆坡：大將，2006）。

二、黃錦樹和離散馬華論述

如果說擁有將近五十餘年發展歷史的在台馬華文學，有一個值得我們重視與探討的傳統，那麼，前面提到馬華文學所涉及的華人生存寓言、族群政治與歷史傷痕，又如何左右了馬華文學的認識系統，或必然是表現馬華文學核心問題的主要成分？我們如何從文學創作與理論層次，分殊出馬華文學的經驗想像，和文學史論述及建構的差異？而箇中的文學感性和理論視域，又有多少疊合與對話的可能？

在此前提下，黃錦樹長期被視為在台馬華文學的重要作者與論述者，以小說與論文同時建立理解馬華文學的界面和視域。他的寫作風格可看作潛藏在小說內的馬華論者，也是論述中的小說家。雖然黃錦樹目前的文學生產不如李永平、張貴興等前輩，擁有扛鼎的長篇鉅作。但黃卻以頗具見識與個人風格強烈的短篇小說和精闢論述，建立他在馬華文學無法忽視的重要地位。

黃錦樹從一九九四年起的十餘年間經營四本短篇小說集、一本散文集的文學創作規模，雖不算多產，但同時出版了四本論文集，涉及馬華、台灣及其中國現當代文學的論述，總體成績已是相當可觀。二〇一二年復出寫作以來，三年內持續出版了三本以馬共為主題的小說集，一本以馬華文學為議題的學術論著[12]，展現了驚人的

---

[12] 以馬共為議題的小說集分別是《南洋人民共和國備忘錄》（2013）、《猶見扶餘》（2014）、《魚》（2015）。論文集是《華文小文學的馬來西亞個案》

爆發力。目前對黃錦樹小說的討論，無論是離散與現代性、現代主義的實踐與觀照、敘事的病理與倫理、原欲與政治狂想，論者多所觸及[13]。其中展開的議題，既是黃的文學關懷，同時也可以作為馬華文學的「症狀式」解讀。因此，本文要處理的，是近年黃錦樹為數不少的馬華文學論述，在文學史建制、政治身分、認同機制等議題上，漸進深化馬華文學的論述視域。這些「馬華」內部問題的形塑和討論，既處理了馬華文學最麻煩的政治身分與認同問題，也引起其他馬華論者和台灣學者的對話或論辯[14]。相對這些愈見尖銳和複雜的馬華論述，黃的小說世界是否長期內化了文學史的焦慮或身分認同問題？這是小說家的感性，抑或是論述視域藉由小說形式的展

（2015）。

[13] 相關評論參考王德威：〈壞孩子黃錦樹：黃錦樹的馬華論述與敘述〉，收入黃錦樹：《由島至島》（台北：麥田，2001），頁 11-35。黃萬華：〈黃錦樹的小說敘事：青春原欲，文化招魂，政治狂想〉，收入黃錦樹：《死在南方》（濟南：山東文藝，2007），頁 1-10。林建國：〈反居所浪遊：讀黃錦樹的《夢與豬與黎明》〉，收入黃錦樹：《由島至島》，頁 367-374。高嘉謙：〈歷史與敘事：論黃錦樹的寓言書寫〉，《中國現代文學研究》2006 年 6 月，頁 143-164。劉淑貞：〈倫理的歸返、實踐與債務：黃錦樹的中文現代主義〉，收入黃錦樹：《刻背》（台北：麥田，2014），頁 9-55。

[14] 近期對相關議題的綜合討論，可參考魏月萍，〈「誰」在乎「文學公民權」？馬華文學政治身分的論述策略〉，「國家與社群」國際學術研討會，二〇〇八年十一月八～九日，高雄中山大學人文與社會科學院主辦。至於跟台灣學界的互動，最近的例子包括張錦忠、黃錦樹跟邱貴芬等學者在學術會議的討論。見黃錦樹〈無國籍華文文學〉刊載《文化研究》第二期（2006 年 3 月）時，張誦聖、邱貴芬的迴響和討論。

現？箇中的文學感性或論述企圖，到底又在解決什麼樣的問題？

　　早在一九八九年，當時還是台灣大學中文系學生的黃錦樹，寫作了得獎小說〈大卷宗〉，以一則追尋祖父遺留在殖民歷史檔案內的「大卷宗」的故事，隱喻華人消失在歷史敘事的邊緣，甚至歷史的空白。祖父和父親那一輩的歷史，敘事者無力完成記憶的追補，早衰、沒有後代的種種「症狀」，甚至預先被消耗的未來，將華人的集體宿命化為敘事者幻覺或虛妄的存在。黃開始了他尋找「馬華」的寫作歷程，或論者指出的追蹤「歷史闕如的根源」[15]。同樣在大學時期，他也展開馬華文學的論述。少作〈馬華文學的困境〉（1989）、〈「旅台文學特區」的意義探究〉（1990）、〈「馬華文學」全稱之商榷：初論馬來西亞的華文文學與華人文學〉（1990）顯露他初步對馬華文學史的「問題意識」。

　　那個階段的論述工具稍嫌不足，但問題視野已相當成熟，以致所有在問題結構底層而必須展開論述和辨證的議題，隱約浮現，彷彿文學史痲疹，一發不可收拾，成為黃日後的馬華論述內從不間斷的文學史思考。這三篇論文當時都發表在台大中文系系學會年刊《新潮》和僑生團體「大馬同學會」出版的《大馬青年》，自然被當成學生習作，沒有引起外界的迴響。但真正的影響卻在馬華背景的圈內人產生激盪，以致我們後來熟知的在台馬華文學論述的關鍵起點，

---

[15]　參見林建國前揭文。但〈大卷宗〉涉及的馬共議題，偶見於後來的其他小說。但黃錦樹近三年的馬共議題寫作蓬勃，已自成可以單一討論的譜系，留待其他文章處理。

大概要從張錦忠發表〈馬華文學：離心與隱匿的書寫人〉（1991）[16]、林建國發表〈為甚麼馬華文學〉（1991）[17]、黃錦樹〈神州：文化鄉愁與內在中國〉（1991）[18]之後，馬華文學論述才漸漸成型[19]。三篇論文基本勾勒了幾個討論「馬華文學」的重要面向：馬華文學誕生與論述的可能場域、族群政治的生產氛圍、中國性與文化回歸的馬華書寫特質。他們對馬華文學的發生結構、自我定位、論述的可能條件，以及文學史系統進行反思，固然是青年學者在學術養成過程中對馬華文學史的回顧。但論述的企圖心和材料脈絡化的處理，在

---

[16] 原刊《中外文學》（1991）19 卷 12 期，頁 34-46。後收入專著，改題〈書寫離心與隱匿：七、八〇年代馬華文學的處境〉，詳氏著，《南洋論述：馬華文學與文化屬性》，頁 61-76。

[17] 林建國：〈為什麼馬華文學〉，《中外文學》（1993）21 卷 10 期，頁 89-126。

[18] 收入氏著《馬華文學與中國性》（台北：元尊，1988），頁 219-298。

[19] 在台的馬華文學論述，在九〇年代以前基本只有少數的作家評論和作品批評。而整合為「馬華文學史」大概始於九〇年代以後。目前關於在台馬華文學論述的的回顧，基本有張錦忠：〈再論述：一個馬華文學論述在台灣的系譜（或抒情）敘事〉，「去國‧汶化‧華文祭：2005 年華文文學研究會議」2005 年 1月 8-9 日，新竹：交通大學。回顧式的反思和紀錄，另外還有台灣學者吳桂枝的整理和討論。吳桂枝：〈開往台灣的慢船：馬華學者的論述建構與馬華文學的典律化〉，「跨領域對談：全球化下的台灣文學與文化研究」國際學術研討會，2007 年 10 月 27 日，台南：國立成功大學台灣文學系主辦。陳大為：〈當代馬華文學的三大板塊〉，《思考的圓週率：馬華文學的板塊與空間書寫》（吉隆坡：大將，2006），頁 56-82。此文檢視和描述了「在台馬華文學」在文學板塊上的權力位置和象徵資本，當然也凸顯了在台馬華文學論述的實力。以及黃錦樹：〈製作馬華文學：一個簡短的回顧〉前揭文。

台灣討論馬華文學的一些儲備知識和周邊工具，彷彿很快就整合起來。一個重新「認知」馬華文學的起點開始變得可能，或重新建立了馬華文學史的視域，一個在台重建馬華文學史的因緣和工程從此展開。

　　截至目前為止，黃錦樹以馬華文學命名的論文集，共有三本。一本是收錄早期論文的《馬華文學：內在中國、語言與文學史》（1996），在馬來西亞出版。第二本《馬華文學與中國性》（1998）除了重複收錄幾篇寫於九〇年代初期的重要論文，還包括寫於後期幾篇新作。二〇一五年出版的《華文小文學的馬來西亞個案》，則是二〇〇三年以來寫作的馬華論述。二〇一二年再版的《馬華文學與中國性》是黃錦樹第一本在台灣出版的馬華文學學術論文集，卻也成為台灣學界討論馬華文學的新起點，畫出一個新的視野。第二本是張錦忠稍晚結集成書的《南洋論述》。二書當屬在台馬華論述的座標，或已是從學術討論馬華文學不能略過的視窗。十餘年過去，黃對文學史的討論和建構，已經深化且多變。但馬華論述對核心的民族主義、國家文學和華人社會和文化處境的討論，始終是馬華論者的議題。面對文學史，黃錦樹仍在投入建設馬華文學「認識論」的工作。一如他自己所言，他的馬華論述仍聚焦於「馬華文學的困境」。[20] 而困境的突破如果是尋找文學的出路，那麼黃的小說寫作與論述疊合的可能性，反而成了探究離散馬華的重要個案。因為「困境」在論者莊華興看來，恰恰可能是離散者本身的寫作「困境」。如此判斷的

---

[20] 詳黃錦樹：〈製作馬華文學：一個簡短的回顧〉。

前提，是論者以為離散者去國久矣，時事變遷和地方感已難以掌握，以致再現馬華現實困境的寫作，都可能是不再「現實」，或更直接的說是不符在地者認知的「客觀現實」[21]。如此一來，是離散本身出了問題，還是敘事出了問題？

論者簡化了離散敘事只能建構「紙上原鄉」，而不正視黃錦樹所討論的馬華困境，更大部分是歷史結構的問題。換言之，離散馬華的有效界面，恰恰在於那觀察的視點，落在歷史震盪的回音，或創傷的後遺。於是，敘事一再回到歷史的癥結和創傷的遺址，直視或寓言化政治民族困境以尋求文學表現的魅力，才是離散文學追求的敘事目的。黃錦樹觸及的離散馬華視域，正是從歷史、種族和社會結構問題去呈現馬華文學可能的困境，以致小說寫作也輕易回應到論述視域內的關懷。尤其這樣的大結構問題並未過去，小說敘事更不可能是現實中解決馬華族群政治的手段。

因此，本文的思考尤其著眼黃錦樹的馬華論述的文學史意義，及其離散敘事帶來的文學能量和魅力，及其對馬華歷史結構的反思。「離散—失蹤」[22]和「民族—創傷」作為黃錦樹試圖清理的文學史

---

[21] 莊華興：〈離散華文作家的書寫困境：以黃錦樹為案例〉，「跨國的殖民記憶與冷戰經驗：台灣文學的比較文學研究」國際學術研討會，2010 年 11 月 19-20 日，新竹：國立清華大學台灣文學研究所主辦。由於莊的論文註明是會議初稿，可能還有論點、修辭的調整和修正，故在此不引用論文內的文字，只針對論文的核心問題討論。

[22] 除了前面引述的幾篇論文，張錦忠仍有多篇論文對馬華文學的「離散」議題著墨甚深，相同的文學史觀，也是張錦忠的視域。至於張錦忠對此概念的發揮

視域，將是本文檢視的重點。至於其他重要的在台馬華論述者張錦忠、林建國、陳大為、鍾怡雯，他們或與黃錦樹的馬華論述進行對話和辯論，或各自開展建構不同的論述系統和視域，雖屬同一問題架構下的其他個案，礙於篇幅，則有待另文處理。

三、「離散—失蹤」的馬華文學史

有別於「在台馬華文學」的其他作家，黃錦樹特別值得注意的，當屬他的作家與學者的雙重身分。當然，黃錦樹並非特例，從一九六〇年代的星座詩社成員以降，在台的馬華作家以學院出身為主流。但黃的特殊，在於對馬華文學的思考和反省，一開始就採取文學與評論並行的方式，既展現小說敘事的旺盛創造力，也難掩其論述的企圖心。論者已指出黃的小說內涵基本可以分做三個小說系列來進行理解：舊家系列、馬華文學史系列、星馬政治狂想曲[23]。此分類大體描述了黃目前已出版的幾本小說集的內容特徵。其中與黃長期關懷的馬華論述議題，顯然有明確的呼應。其中以馬華文學史系列、星馬政治狂想曲兩個系列，大體揭示了黃複雜又極具象徵意義的馬華書寫視域。文學史的權力結構與客觀運作，種族政治和華人困境，相互成為小說的題材，卻也是黃的馬華論述內必須清理的討論視域。

和建構，或對黃錦樹的影響，在討論張錦忠個案時將是重要的論述。礙於論文主軸，本文對此部分暫且擱置。

[23] 此分類詳黃萬華前揭文，頁2。其他論者對黃錦樹小說內容的解讀也有相似的看法，只是有些分類名稱有些差異，如王德威稱「返鄉小說」。

黃自己坦言：「小說是一種彈性很大的文類，可以走向詩，也可以侵入論文；可以很輕也可以十分沉重。它的特徵是諧擬、模仿、似真的演出，且具有無可抵禦腐蝕性和侵略性」[24]。而黃的論述向來風格獨特，張誦聖稱之為「局內人所偏好的散文式學術寫作」，受學者與公共知識分子雙重身分影響[25]。言下之意，這種融合學術與創作屬性的論述特色，自然蘊含了作者針對相關議題的直觀反應和介入，或想像性的超越。黃的小說與論述寫作可看作他馬華文學生產的一體兩面。其小說內涵與其馬華論述的策略，自然有著值得注意的內在連結。職是之故，黃顯然是在台馬華文學的「豐饒」個案，值得注意。

對黃而言，馬華文學的反思，有一部分是語言書寫範疇內需要鬆動與顛覆的對象。政治、宗教和族群的禁忌、歷史傷痕、華人社會與文化的客觀困境和自我侷限，一些不該在學術成規內「理論化」而被犧牲的馬華想像，黃藉由小說處理創傷意識和寓言體敘事，似有意將馬華文學囤積數十年的「根本問題」和「政治無意識」，以鬱結、嘲謔、狂想兩種看似矛盾的反骨或悼亡者姿態，深掘出馬華文學的可能，或在華文文學版圖內形塑一個馬華文學的獨特視野。然而，另一部分對馬華文學的思考，黃的策略顯然放在文學建制內大有可為的馬華論述。

---

[24] 黃錦樹：〈自序〉，《夢與豬與黎明》（台北：九歌，1994），頁2。

[25] 張誦聖：〈「位置」與「資本」：側評黃錦樹、任佑卿兩篇有關台灣文學史的論文〉，《文化研究》第二期（2006年3月），頁292-297。

　　一九九〇年黃錦樹在家鄉馬來西亞得獎的小說〈M的失蹤〉被認為是他首篇展現其反思文學史佈局的重要文本。文學經典的焦慮，大作家的失蹤和尋覓，所有長久困惑馬華文學的議題，被整合為一則懸疑且虛實交錯的故事，為黃意圖整理的文學史觀埋下伏筆。小說以尋找一篇在文學獎比賽中驚為天人的作品，展開馬華文學史上的作家與作品搜尋，一場文學大師（Master）的訪查之旅。中國現代文學史上在南洋失蹤的郁達夫正藉此縫隙走進了馬華文學史，成為小說中可疑的大師之一。黃首次讓郁達夫復活（他有多篇小說裡處理了郁達夫，詳後），成為馬華文學界焦躁尋找的大作家，並意有所指的羅列一群被調侃的馬華及台灣作家當主角和配角，戲謔語言背後其實蘊含著一場攸關文學史與創作閱讀史的文學清理。黃對於文學獎（文學典律）的後設寫作，呈現了他長期的關懷。小說裡的失蹤大師，大概可以延伸為後來作者在馬華文壇引爆論爭的「馬華文學經典缺席」[26]。這場論爭最核心的問題是，沒有大師，欠缺經典，文學史的論述如何可能？文學建制並不健全，「經典缺席」因此一直是馬華文學的夢魘，進一步浮現為黃小說裡的「症狀」。

　　五四新文學作家郁達夫在一九三九年初抵南洋之時，應溫梓川等檳城文藝青年要求回應馬華文學議題，提出了〈幾個問題〉，遂引發了論爭[27]。其中郁達夫呼籲「南洋若能產生一位大作家，以南洋

---

[26] 關於「經典缺席」論爭的來龍去脈與相關文章，詳張永修、張光達、林春美編，《辣味馬華文學》。

[27] 這場論爭的意義和討論，詳林錦：《戰前五年新馬文學理論研究》（新加坡：新加坡同安會館，1992），頁190-196。楊松年：〈從郁達夫〈幾個問題〉引起

為中心的作品，一時能好好地寫它十部百部，則南洋文藝，有南洋地方性的文藝，自然會得成立。」郁達夫召喚大作家，變成了黃小說裡竭力調侃的一種馬華文學的病理結構。黃挖苦「大作家」或「馬華文學經典」，其笑謔姿態，似乎也有其自成一格的理由。一齣作家評論家諸公真人上場陪著演出的「文學史倫理劇」，竟以鬧劇的形式包裝，最可信的文學史「現實」，卻不斷引起「笑場」，文學史頓時變成虛擬的文學演出。存在的典律或待建構的典律，都已不是黃小說裡準備提供的答覆。

　　事隔幾年黃另有〈大河的水聲〉（1999），一樣以馬華作家為對象，但玩笑顯得更加浮躁。小說雜糅各種元素：書信、引文、選集目錄、節目表、新聞報導，註釋，他將所有可能想像破壞小說敘事的成分，堆砌為一篇臃腫，形式上幾乎逼近敘事臨界點的小說體積。這篇小說描述一位馬華大作家「茅芭」的離奇溺斃死亡，最後竟以標本形式出現在有收藏癖的馬華民間研究者的密室。小說諷刺五四文學的寫實思潮如何在馬華文學裡荒誕的落實，「寫作大河小說─收集各大河水的聲音─溺斃」，作者的狂想不惜冒犯馬華文壇禁忌，馬華文壇裡有「雄心壯志」者都被奚落一番，最後小說家還嘲謔了馬華大作家都是密室內的「不朽」標本，意在批判馬華文學界長期存在的自我吹噓，相互抬舉的「自我經典化」陋習。郁達夫赫然出現在標本行列之中，加劇了馬華作家「經典」分量的效果（笑果）。如果說黃對馬華文學史的誠意到此基本耗盡，王德威教授指出黃的操

的論爭看當時南洋知識分子的心態〉，《亞洲文化》（1999）23期，頁103-111。

作裡顯現的倫理和病理的緊張關係[28]，反而更值得深究。從更替典律的立場出發，黃在馬華文壇幾次放火燒芭引發爭議討論的議題，都有其意識到不得不為的革命者姿態[29]。上一輩馬華作者寫作技術的貧乏，被黃視為致命的「馬華文學困境」。但在黃錦樹幾年後對文學史議題更深入思辨的論述裡，我們可以清晰看到馬華的老派現實主義的寫作傳統，恐怕還不是他真正對典律焦慮的原因。讓馬華文學史難以跨越的深淵，是無法跨過的族群文學邊界，那被認定是放逐的寫作。

> 大作家即是那集體，是文學標準的建立者，他的名字，不過是文化的公共符號。那個父親的名字。
>
> 其中一個問題即是作為政治問題的承認……多元文化情境下少數語言文學的處境，不被國家承認（如馬泰印菲的華文文學）而被貶為族裔文學。如此情況，即使巨匠存在，也不可能被國家機器發現（國家的意志即要它消遁），更別說承認。[30]

小說裡被操弄得面目全非的馬華文學史，儘管難掩小說家的玩笑或虛張聲勢，但黃對文學史的思考，顯然已有「華文少數族裔文學早已成了無國家華文文學」的悼亡式證詞。這番文學史意識，從

---

[28] 見王德威前揭文，頁 20。

[29] 黃錦樹自己的說法詳〈在兩地本土論的夾縫裡〉，收入氏著，《焚燒》（台北：麥田，2007），頁 133-136。

[30] 黃錦樹：〈華文少數文學：離散現代性的未竟之旅〉，《香港文學》（2004年 11 月）239 期，頁 6。下文的相關引文，都出自這篇論文。

論述的後見之明，黃當初對馬華文學史的「趕盡殺絕」，不過借屍還魂般的在自己小說裡延續了文學史裡漂泊無依的寫作者。

〈大河的水聲〉收錄在黃的第三本小說集《由島至島》，並在目錄裡以〈導言：敘事〉的標題，宣稱其作為全書綱領的意義。若小說裡失蹤、死亡的馬華作者可以類比敘事的結果，黃自己也掉入此書寫的隱喻。以形式搞怪的《由島至島》成為一次馬華文學史的見證。全書的篇章皆玩弄目錄與內文題目的雙重性，以偽馬華選集的方式回應了他念茲在茲的文學史議題。《Dari Pulau ke Pulau 由島至島》的雙語題目，似乎成了假扮的雙語寫作，凸顯馬華寫作背後存在的「巫影」，一個無法擺脫的強勢語言的宰制。換言之，黃玩弄小說印刷形式，卻比誰都清醒知道，華文寫作無法潛入國家機器的認可機制。黃的小說信仰「小說是彈性很大的文類……具有無可抵禦腐蝕性和侵略性。」言猶在耳，種種形式的操演儘管內藏憂患，寫作者之於馬華文學史，仍無法超越少數文學（minor literature）的宿命[31]。黃調侃了「大作家」的死亡或失蹤，或許不妨視為一個在少數語言文學處境內表徵族裔文學的症狀。黃對奈波爾（V.S. Naipaul）在千里達經驗面對的歷史空白、以及透過旅行、進入殖民母國的檔案世界，還原殖民歷史的真實感受頗有迴響。黃自身也意識到馬華作者都置身在一個躲不掉的殖民裝置。移民後裔、殖民歷史，「畸形殘廢」的社

---

[31] 關於馬華文學與少數文學（小文學）的理論性建構，詳張錦忠：〈小文學，複系統：東南亞華文文學的（語言問題與）意義〉，吳耀宗編，《當代文學與人文生態》（台北：萬卷樓，2003），頁 313-327。

會,馬華文學史出現「大作家」的可能或不可能,已不是那麼重要。以致所有在少數文學境遇內的寫作,無可避免已是離散現代性的一部分。論者以為黃的小說總是重複「失蹤—尋找」的模式[32],指向一種不被認可的身分焦慮。但對黃更在乎的文學的主體性而言,那再現的在地經驗已是「失落的歷史」。這是他文學史視域內的潛台詞。在他而言,馬華文學的複雜與難處,不純粹是被不被認可的問題,而是「再現領域(語言與文學技術)的複雜度」。因此,向資源中心的旅行、留學、移民和流亡,成為寫作者的一種可能。黃以華文文學的「流寓」[33]把馬華排除在國家文學認可機制外的無根流離和寫作者有意識的出走和跨境,認知為一種歷史的結構性。就此而言,他的文學史觀卻是和持守馬華本土派立場的論者之間最遙遠的距離。

　　但黃錦樹提出的「離散」還是有一個歷史的視野。從晚清以降至到戰後的五〇年代,中國南來文人確實是馬華文學史重要的組成部分。如果南來應該被確認為馬華文學史一個主導性的議題,黃錦樹對南來歷史情境——亂離,進行文學史體制的反思,就顯得另有

---

[32]　林建國最初指出這現象的深層意涵,王德威、黃萬華、許維賢針對此現象,對黃錦樹小說的解讀都有後續的發揮。然而,相關看法又無法一概論及所有在台馬華文學的意圖。

[33]　這是一個很容易產生疑義的辭彙。中國古代地方誌早有此門目,強調有形的遷徙、流動和寓居。但黃的流寓還「權宜性」指向一種形式的放逐和寄居。相關說明,參氏著〈文學史熱病〉,《文化研究》第二期(2006年3月),頁298-301。

深意。黃揭示「境外中文」[34]作為流動文學史的註解，尤其指出南來文人的文學實踐，或建立的文學象徵，已不純粹只是文字、書寫構成的文學史意義，而扣緊了文人自身的主體經驗，「大流亡」時代的集體縮影。換言之，在傳統中國進入「現代」的歷史鉅變中，形成了南來的動機，也內化為南來的精神結構。而這樣的馬華文學史寫作，始於晚清南來使節左秉隆、黃遵憲，以及流亡詩人康有為等人如何以各自的文化資本，形塑南洋的境外詩學。甚至二戰時期南來的郁達夫，以特殊的肉身經驗和死亡，透過漢詩寫作形成一個巨大的象徵遺產。換言之，那是舊體詩的世界，一個被黃稱為「馬華文學史之前的馬華文學」。更重要的，它是與殖民時期共存的產物，文學主體無法遠離現代性暴力的時刻。因此，黃錦樹在質疑民族國家建立以後，「書寫仍不能免於被迫害的恐懼」不正暗示了，離散的經驗主體不曾過去。文學史如何處理文學自身，成為他陸續在幾篇續寫郁達夫傳奇的小說內，將具有象徵意義的「現代作家」拋回到文學史面前。文學與肉身，那要如何寫入文學史的文學主體，最後只能經由書寫承續。黃錦樹重寫郁達夫，讓他的「離散」文學史觀，有了深層的底蘊。

---

[34] 黃錦樹：〈境外中文、另類租借、現代性：論馬華文學史之前的馬華文學〉，《文與魂與體》（台北：麥田，2006），頁79-104。

四、「民族─創傷」的馬華文學史

　　搗亂馬華文學史，不過是小說家黃錦樹使出的戲謔招數。而黃對馬華文學史著力甚深的則是清理或辨證文學政治身分在馬華情境內的結構性問題。從二〇〇五年開始，黃有三篇論文至少跟文學史的身分認同和民族政治相關。〈馬華文學與（國家）民族主義：論馬華文學的創傷現代性〉（2005）、〈無國籍華文文學〉（2005）、〈國家、語言、民族：馬華─民族文學史及其相關問題〉（2007）。這三篇論文對文學史及相關結構性議題的反思，可以回應到黃在小說內不斷曝顯的政治或文化議題，或將小說世界裡失蹤、追尋、死亡、「弒父」、放逐等等身不由己的症狀的想像性解釋，還原到一個學理意義上的論述。換言之，黃的小說呈現了眾多馬華族群與歷史的狀態，恰恰是這些狀態構成了黃在馬華論述內處理的根源問題。如此說來，黃的小說和論述，賦予了在台馬華文學一個討論的向度，有關馬華文本的解釋，免不了導向更複雜的在地知識和歷史結構。就黃的個案而言，馬華文學史的問題和症狀，是他的小說背後的一個潛在視域，容易代換為一種故事的旁證或延伸，或將文學史內部的癥結賦形。

　　〈馬華文學與（國家）民族主義：論馬華文學的創傷現代性〉[35]一文，重新檢視一個馬來民族主義和華人民族主義發展的歷程，從而解釋馬華文學操作的可能，以及被制約的視域。相對過往討論馬

---

[35] 黃錦樹：〈馬華文學與（國家）民族主義：論馬華文學的創傷現代性〉，《中外文學》34 卷 8 期（2006 年 1 月），頁 175-192。

華文本稍嫌籠統的南洋華人歷史傷痕，黃藉由論文清楚將一種華人的創傷意識，解釋為民族國家建立過程中形塑的國家暴力結果，而由此衍生的華人自我保護主義、無根流離、邊緣化、文化回歸，甚至文化狂戀，都是國家意義下的現代性暴力，大馬華人的「現代體驗」。黃進一步具體化為：

> 來自單一民族國家之國家暴力——實質的（資源的種族分配、愛國主義恫嚇）及象徵的暴力（語言暴力）——的創傷。[36]

因此，「創傷」作為一種華人意識型態或生存狀態的解釋，無關個人感受的深淺或多寡，卻已是制約馬華文學生產的精神結構。黃稱之為「創傷現代性」，回應馬華文學與文化生產無以閃躲的政治和經濟客觀因素。華文教育、華文報刊，和一切華文文化延續的公共建制，都處在一種被國家排除的複雜處境中。創傷感，被解釋為馬華結構的一部分，相生相成，在一個含涉國家機器暴力的單一民族國家文學的境遇內，「馬華」文學的可能性總是悲觀，或以國族寓言的方式存在。黃錦樹從探討傷痕根源的方式，為馬華文學的困境和實踐的合理性，找到不容易反駁的根據。[37]

　　其實黃錦樹的解釋有一個基本的認知，國家機器擁抱馬來民族主義建立的國家意識型態，發動的暴力已是歷史性的生成。任何解

---

[36] 同上注，頁 177。

[37] 儘管在論者眼中，過去十年間馬來西亞政治版圖有了不同層次的變化，一些一九八〇年代後成長的一代，可能不再有任何「創傷」的歷史或現實感受。但也沒有人可以否定一個傾斜的族群政治結構依然存在。而「暴力」和「創傷」仍然可以有效成為文學表徵的一環。

釋馬華或馬華文學的生產，都會觸及「創傷現代性的根源：殘缺崩潰、（被污名化）的中華性，不可能的本土性」[38]。華文書寫在特殊的族群政治環境已被標籤化：

> 作為政治表態的寫作——異議的、或呼應當道意識型態——
> 或者回應中國古代士人的流放母題，為族群及自己招魂。[39]

因此，寫作的境遇容易被寓言化為放逐的姿態。黃錦樹小說對此著墨甚多，其小說的流亡詩學形式和可能由此得以建立。小說〈阿拉的旨意〉裡，信奉伊斯蘭而放逐孤島的華人，娶馬來婦人而生下混血的下一代，改變所有的習俗、語言，禁絕使用華文，以契約方式換取生存。然而，作為新一代的穆斯林的敘事者，儘管已列在麥加朝聖名單，卻永遠無法成行。原因無他，信道者是被揀選的。此事無關阿拉，而是「馬來人─伊斯蘭─國家」的一套機制已內化為國家機器的效忠程序。無論信道與否，都說明放逐是先天的處境。阿拉的旨意，指向了國家暴力，凸顯了異教徒般的孤絕與被拒斥，將華人／華文以宗教的律令他者化。反諷的是，敘事者放逐島上的原因和處境，卻是經由敘事者堅持以華文書寫的自白書披露：

> 將近三十年沒寫中文字，許多字體要嘛記不全……不管怎
> 樣，非不得已我絕不用馬來拼音替代，而寧願用同音之
> 字。……多年以來無時無刻不想以中文字寫些東西。這兩年
> 由於衰老明顯加速的緣故，越發感受到書寫的迫切。再不寫，

---

[38] 同注 35，頁 187。

[39] 同注 35，頁 187。

　　　　可能永遠也沒有機會了。[40]

　　黃錦樹將華文書寫內化為放逐者可以辨識自我的文化身分。漢字寫作在此已涉入政治範疇，它需要被禁絕以換取國家機器的認同，卻也構成「不能不寫」和「書寫的迫切」的中國性的堅守象徵。

　　表面上黃以〈阿拉的旨意〉開了宗教禁忌的玩笑，但華人處境陷入創傷的循環，卻清晰可見。在黃錦樹重寫「郁達夫傳奇」的系列作品中[41]，〈補遺／沉淪〉一篇，將二戰後失蹤的郁達夫設計為其實被日本憲兵軟禁孤島，入鄉隨俗跟島上姑娘結婚生子，最後還皈依回教，仿朝聖的姿勢和方向下葬島上。在馬華文學史的南來作家脈絡裡，郁達夫具有重要的象徵意義。黃藉由小說的前半部，講述軟禁孤島的郁達夫並無中斷漢語寫作，以積累文庫的方式，默寫唐詩、古文、先秦諸子，甚至《浮士德》、《失樂園》、《神曲》等，似有雄心壯志為荒島的文明貢獻一己之力，或根本是南來大作家不能不寫的一種文化的執著和堅持。

　　書寫作為一種使命和任務，對孤身南來拓荒的移民一代並不陌生，尤其識字的華人菁英。崇高的文化身分和完成信道者儀式，兩者的矛盾或預言了漢人移民南洋的集體命運，或帶有悲劇味道的宿

---

[40] 黃錦樹：〈阿拉的旨意〉，《由島至島》（台北：麥田，2001），頁 85-86。

[41] 黃錦樹重寫郁達夫的篇章，與郁達夫在戰爭時期的新馬活動和流亡，晚年的漢詩寫作及其在文學史（中國現代文學史和馬華文學史）的代表意義，可以有不同的闡釋空間。詳拙作〈黃錦樹、郁達夫與馬華流亡詩學〉發表於「離散與亞洲小說研討會」（ "Colloquium on Diaspora and Asian Fiction" ），國立中山大學離散／現代性研究室主辦，高雄：國立中山大學，2008 年 1 月 14 日。

命，郁達夫已先行完成。這是重寫失蹤郁達夫最大的反諷，帶有種族政治的狂想。小說以郁達夫放逐荒島的生存狀態，卻仿百科全書式的默寫經典，這在生命油盡燈枯之前的用心和堅持，究竟為了什麼？重寫郁達夫固然是小說家黃錦樹的黑色幽默，以及放大郁達夫在時代裡的錯置和格格不入[42]。但黃似乎也將郁達夫書寫的慾望和存續知識的毅力做了寓言化處理，卻同時回應了他對馬華文學史內的書寫處境的清醒認識：

> 華文文學必然屬於小眾，極少數的菁英分子；可是在那樣的環境裡，文學天然的必須承擔一種道德義務：紀錄、保存集體記憶。……因為它投射了那個被扭曲的族群私領域，在國家巨大的陰影裡。它必然只能是屬於特定族群的民族文學，而沿著它而架構起來的文學史，也必屬於民族文學史：它只能定義、解釋它自身。[43]

　　當馬華文學被困在自身的族群疆域，漢字或華文書寫被設定為漂浮的能指。

　　上述兩則小說分別處理流放／放逐和華文存續在馬華文學的創傷結構。黃錦樹針對馬來民族主義建構的觀察裡，意識到馬來民族主義標榜的「語言是民族的靈魂」（Bahasa Jiwa Bangsa）成了獨立建

---

[42] 黃錦樹：〈郁達夫的骸骨加工業〉，《星洲日報・文藝春秋》2008 年 4 月 6 日。

[43] 黃錦樹：〈國家、語言、民族：馬華—民族文學史及其相關問題〉，發表於「文學的民族學思考與文學史的建構」學術研討會，台北：政治大學民族所，2007 年 6 月 1 日。

國後馬來文作為國族建構的主導原則。他進一步將這樣的創傷根源
做了深入的論述：

> 如果馬來文象徵了馬來人在該新民族國家的地位——特權
> 位子——那相對的，華語文的處境無疑也象徵了華人的處
> 境。……那相對的論證了堅持華文教育者守護華教有理——
> 攸關「民族靈魂」；相關的，當馬來民族的靈魂上綱為國家的
> 靈魂，並強迫所有國民接受，對於非以馬來文為母語的族群
> 而言，顯然面臨了靈魂層次的重塑或改造。[44]

因此，〈阿拉的旨意〉和〈補遺／沉淪〉的信道顯然已不只是玩
笑。當我們在另一篇小說〈刻背〉看到神秘角色福先生因為認識了
出現在南天酒店的郁達夫，因此著魔似的產生了漢字夢魘。這個沉
淪到南洋的新文學大作家，再次因緣際會成了極具蠱惑性的文字象
徵，暗示著流亡的漢字的可能歸宿。我們熟知現實中的郁達夫選擇
精緻的漢詩，將自身拋置到一個歸返的文化系統，儘管肉身的流離
已不知所蹤。但黃錦樹的策略，則是描述了對漢字與中華文化癡狂
的老外福先生，選擇了殖民者加諸苦力的殘酷手段，對不識字的苦
力「文身」，將漢字刻入苦力的背上。我們可以看作這是作者大膽實
驗的一次「漢字的流亡方案」，以此將「道成肉身」作最具體的表現。
小說裡為這套策略作了一次理論性的說明：

> 一種不可替代的革命性的現代主義方案，用最現代的文字

---

[44] 黃錦樹：〈馬華文學與（國家）民族主義：論馬華文學的創傷現代性〉，頁
187。

形式、活生生的載體、立即性的發表、隨生命流逝的短暫
性——瞬間性的此在 dasein 而存有、絕對不可翻譯的一
次性、絕對沒有複本、而徹底的超越了中國人的中文書寫
侷限於紙或類似紙的無生命載體。[45]

這是一次最赤裸裸展示與強調肉身的意義，以紋身的痛，隱喻
性的刻劃了無數具流亡在南洋現場的移民主體。這些帶著紋身的苦
力是小說裡追蹤的一個即將湮滅消逝的族群，意味著流亡的漢字與
無數南來的沉默無聲的勞動者，構成一種最血淋淋的文化招魂，一
種符咒般的肉身胎記或印記。換言之，黃錦樹透過小說表現了一種
賦形流亡經驗的最佳形式，或馬華文學最具原型意義的創傷經驗。

黃錦樹討論的情境，固然是中國現代性脈絡下的離散敘事。對
於馬華文學而言，也難以自絕於這樣的共時結構之外。尤其南來移
民主導了近五十餘年的馬華文學進程，同時在往後的族群政治鬥爭
裡成為被認知的存在集體。因此族群創傷的形式被想像性的建構，
可以是殘酷的華麗，或幽暗的狂想，在於重寫本身不過是捕捉一種
「歷史的體驗」，一種已無法在早期南來移民身上自我表述的體驗。
他自己曾對歷史意識的重述，作了描述：

經驗主體的意識，處於災難的日常之中。於是那不可表現之
物，便被集體化，化為故事，被經驗的共同體勉強追捕；或
讓意識瀕臨終止狀態，語言臨進沉默。於是涕淚縱橫的感時
憂國書寫，不過是以可以表現的事物去勉強逼近那不可表現

---

[45]　黃錦樹：〈刻背〉，《由島至島》，頁 353。

　　　的事物的一種方式而已。[46]

於是書寫不過是重述那已不可能的「體驗」，或寓言化那沉默的狀態，將離散敘事置入一個馬華的民族寓言。作為小說或故事，其顯得合理且具備感染力。而這恰恰是黃錦樹以為馬華文學應該表徵的部分。

　　如此一來，我們有必要回顧黃錦樹梳理「創傷」的文學史視域時的前提。他提出那必須超越民族國家的文學主體，才是文學史的意義。因此「非民族國家文學」或「無國籍華文文學」的提倡，成了解決馬華文學的認同困境的一種方式，有助於文學主體性的釐清。所以，當黃錦樹以比較文學史的方式，提出「無國籍華文文學」[47]方案，作為討論台灣文學史的一種可能，他同時為「在台馬華文學」找到寄存於台灣文學流寓結構的方式。只是這樣的提案，已非馬華文學史視域可以單獨解釋的問題。

　　本文選擇黃錦樹幾篇處理馬華文學史議題的論文入手，企圖梳理其文學史視域與小說視野可能存在的內在連結，或擴充式的說明，為的是解釋馬華題材的文學生產，如何在文學史視域的理解下，找到一個自身的分析範疇，和回應黃錦樹離散敘事的生產結構。這樣的作法無意制約文本的多元闡釋可能。但卻可看到黃錦樹作為「離散馬華」個案表述的文學話語，是一種閱讀肉身和體驗的文學史視

[46] 黃錦樹：〈中文現代主義：一個未了的計畫？〉，《謊言或真理的技藝》（台北：麥田，2003），頁40。
[47] 黃錦樹：〈無國籍華文文學〉，《文化研究》第二期（2006年3月），頁211-252。

角。跳脫本土視域之外，黃錦樹依然建構了不同的馬華文學主體，那是「華人哀傷史的近代歷程，污名與遺忘」[48]。在文學與政治關係微妙的馬華文學場域，黃錦樹的離散書寫雖然不夠「積極」，卻有一股文學憂傷的力道，顯得可貴重要。

---

† 本文原收入《台灣文學的感覺結構：跨國流動與地方感》（埔里，國立暨南國際大學中文系，2015），頁 401-430。

---

[48] 黃錦樹：〈與駱以軍的對談〉，《土與火》（台北：麥田，2005，頁 313。

日本的馬華文學接受史

　　從一九五〇年代末以來，海外年輕華裔學子經由中華民國政府的僑教政策來到台灣完成大學和研究所學業，為台灣高等教育帶來一股新氣象。其中又以馬來西亞地區學子在台深造期間，投入創作，發展文學事業，最值得注意。這一文學創作傳統，隨著這些馬來西亞的文藝青年參與或組織文學社團，出版刊物、發表各文類作品、獲得重要文學獎項、出版作品集，並展開馬華文學的批評和論述，其長期累積的龐大生產與文學效應，顯然已在台灣文學場域內佔據一個不能忽視的位置。如此清晰可辨的馬華文學社群由此產生，並逐漸以「在台馬華文學」型態在華文文學領域佔據一個頗受矚目的位置。

　　嚴格說來，「在台馬華文學」的發展已有接近四十年的歷史。從早期習稱的「僑生文學」、「留學生文學」、「旅台文學」，表現了這支從校園到文學獎嶄露頭角的文學創作隊伍的組成生態。到近年經過

張錦忠教授以「在台馬華文學」[1]為其正名，這支從一九六〇年代漸進形成的文學創作隊伍，透過各類型的書寫在台灣文壇建立自身的寫作傳統，替台灣文學形塑一道特殊的文學風景。隨著這些馬華創作者的兩地往返、落地生根或遷居入籍，他們作品持續對南方故鄉的回顧與創新，探尋熱帶雨林的歷史傷痕與奇幻想像，辯證族群政治和離散華人的文化和家國認同，以及面對台灣在地經驗的撞擊與融入，離散、憂患及故鄉／異鄉的迴旋擺盪，奠定了「在台馬華文學」特殊的寫作風格和蓬勃的生命力。恰恰這樣的文學傳統和地域風格，在台灣形塑了熱帶風情與文化想像的文學窗口。

　　如果說「在台馬華文學」構築的熱帶文學地圖是台灣文學內部獨特的外來元素，或已成台灣在地接受和理解馬華文學的重要視角，那麼一水之隔的日本，早在一九六〇年代末、一九七〇年代初，就投入馬華文學研究。從最初的馬華左翼文學介紹，到馬來西亞華人社會文化的研究，馬華文學經由日本漢學界的介紹和作品翻譯，已建立屬於小眾的馬華文學研究。這當中投入的學者包括桜井明治、小木裕文、鈴木正夫、荒井茂夫、今富正巳、舛谷銳等人，似可構成一個值得觀察的馬華文學在日本的接受史。[2]

---

[1] 台灣大百科全書網站有黃錦樹撰寫的「在台馬華文學」詞條，顯然此稱謂已成學界共識或已有足夠的學術代表性。二〇一四年七月十五日，台灣大百科全書網站已正式關閉。

[2] 相關研究目錄詳舛谷銳的報告〈馬華文學研究在日本〉，「華人文化と文学国際学術シンポ」，立教大學交流文化學系、台北大學中文主辦，2010 年 2 月 22-23 日。日本：琦玉立教大學。本文此部分的論述，大體根據這份報告提供的目

　　過去日本學者對馬華文學研究中，至少有幾個部分值得注意。其一是鈴木正夫研究晚年郁達夫的新加坡和印尼生活，對郁達夫的文學活動和失蹤謎團的闡述和考證，引起了馬華作者和評論界的更多注意[3]。雖然鈴木正夫研究的重點並非馬華文學，但對郁達夫在新馬和印尼地區的實證研究，卻凸顯了一個帶有傳記色彩、面目清晰的郁達夫，以及其在戰時的失蹤和死亡對南來作家在馬華文學的象徵意義。尤其像郁達夫是享譽五四文壇的著名作家，最後死在南方，他最後寫作的漢詩，以及肉身遭遇的亂離，反而成了馬華文學反思南來線索的有趣個案和材料。而在台馬華作家黃錦樹有多篇小說以郁達夫為對象，可視為在鈴木正夫的歷史研究外，另闢一條戲謔、嘲諷歷史的文學想像。

　　另外，根據舛谷銳教授整理、歸納日本學者的馬華文學研究資料（日文為主），從一九七〇年代到一九八〇年代末，日本的馬華文學研究更集中於華人社會和文學運動的研究[4]。從這些已發表的論文題目看來，日本學者對新馬華人社會史、華人教育、文學運動的歷

錄，並參考其他可看到的中文和英文論文，故資料掌握有所侷限，只能做一個基本的描述。更詳細的描述，可參考豐田周子，〈日本的馬華文學研究：以日本現代中國文學研究為視角〉，《台大東亞文化研究》第三期（2015，台北），頁241-260。

[3]　這方面的成果，早有中譯本流傳。鈴木正夫，《郁達夫：悲劇性的時代作家》（南寧：廣西教育，2000）。鈴木正夫，《蘇門答臘的郁達夫》（上海：上海遠東，1996）。

[4]　這部分參考了舛谷銳的歸納。詳氏著前揭文。

史考察投入甚多。他們研究的路向大體延續著新馬在地學者描述的馬華文學發展歷程，著眼於文學社會史的背景考察。小木裕文從一九七〇年代中期投入馬華文學研究，延續方修等馬華文史學者的研究路徑，關注更多戰前和戰後初期的馬華文學現象。同一時期的桜井明治也關注到了馬華文學與中國文學之間的相關議題。一九八〇年代則以今富正巳和荒井茂夫的研究值得注意。前者著眼抗戰時期的馬華文學表現、馬華文學獨特性的論爭等議題；後者長期注意馬華文學生成的歷史和社會背景，以此討論文學「馬華化」（本土化）的議題，以及探討馬華文學在世界華文文學框架內的定位。[5]

　　根據以上的研究成果，日本學者對馬華文學的關注，更多屬於文學的社會學觀察，強調文學發展的歷史脈絡和社會結構，基本上不觸及作家和作品的個案討論。而從一九九〇年代開始，立教大學舛谷銳教授投入馬華文學研究，開始觸及到更多複雜的馬華文學定位、文化身份和國家文學等議題。他多次在新馬、台灣和中國的華文文學會議場合發表馬華文學研究成果。但舛谷銳出現在馬華文學研究領域廣泛受到注意，卻始於一九九二年一位馬華旅日學生禤素

---

[5] 荒井教授有多篇論文以中文發表，在馬華當地和華文文學領域有一定的代表性。詳荒井茂夫：〈馬來亞華文文學馬華化的心理路程（上）〉，《華文文學》1 期（1999，汕頭），頁 53-59；〈馬來亞華文文學馬華化的心理路程（下）〉，《華文文學》2 期（1999，汕頭），頁 42-47。荒井茂夫：〈中、台研究華文文學與馬華文學的走向〉，馬來西亞華文作家協會編：《扎根本土・面向世界》（吉隆坡：馬來西亞華文作家協會，1998），頁 118-129。

萊以紀實／虛構的創作形式，發表〈開庭審訊〉一文[6]，揭開舛谷銳在日本研究馬華文學首先遭遇的質疑：「馬華文學」是否被體制認同與其定位問題。該文因而帶動了馬來西亞當地和旅台學者引發的「經典缺席」等論爭。這場論爭的積極意義，讓後續的馬華文學研究者無法迴避，在馬華文學生產的總體現實環境，其中政治、語言與社會結構總是問題的核心。一個文學與體制，文學與認同，或是辯證思考馬來西亞國家文學的文學政治議題，成為馬華文學研究的熱門內容。而舛谷銳日後的研究也多著眼於馬華文學概念的生成，從僑民文學到國家文學等不同層面，介紹和勾勒了馬華文學發展歷程中的華人意識和文化認同現象，甚至以「外來觀察者」的視野提出馬來西亞華人對政治、馬來族群的負面想像，侷限了馬華社會對國家文學的認知[7]。舛谷銳的馬華文學研究，大抵是目前較接近於主流議

---

[6]　禤素萊：〈開庭審訊〉，收入張永修、張光達、林春美編：《辣味馬華文學》（吉隆坡：雪蘭莪中華大會堂、馬來西亞留台校友會聯合總會，2002），頁 68-75。

[7]　舛谷銳是對馬華文學與國家文學議題投入最多的日本研究者。舛谷銳發表的相關文章有：*From Immigrants Literature to National Literature:Invention of Malayan Chinese (Mahua) Literary History* (5th Conference of the International Society for the study of Chinese overseas, 10-14 May 2004, The LO-School, Elsinore, Denmark) and *Why Does It Say'Mahua Liteature'? : Re-examination of the Concept of Chinese Literature in Malaya* (Exploring Socio-Cultural Exchange in Asia, 25-26 November 2002)。舛谷銳、許維賢，〈〈開庭審訊〉禤素萊不在現場：走訪舛谷銳副教授〉，《蕉風》491 期（2004，馬來西亞新山），頁 49-54。舛谷銳、許維賢，〈華人的想像：馬來文學等同國家文學？〉，《蕉風》492 期（2004，馬來西亞新山），頁 98-101。舛谷銳，〈馬來西亞的族群文學與國家文學〉，收入莊華興編，《國家文學：宰制與回應》（吉隆坡：

題的討論。尤其對不熟悉馬華社會歷史結構的大部分日本讀者而言，舛谷銳的研究指出了馬華文學更複雜的面向。

除此，日本對馬華文學作品的翻譯，過去較集中於少數的馬華在地作家如方北方、苗秀、丁雲等人，對一九八○、九○年代崛起的新生代作家甚少注意，僅有李天葆的短篇小說曾被翻譯。換言之，日本讀者對馬華文學的閱讀有限，幾乎無法引起廣泛的討論。尤其對在台馬華文學認識更少，未見任何作品的翻譯。二○○八年，經由愛知大學黃英哲教授的引介，馬華在台作家黃錦樹的代表作〈魚骸〉首次以日文面貌刊載在《植民地文化研究》（2008 年第 7 期）。黃英哲跟台灣學界往來密切，長期在日本推動台灣文學翻譯。而〈魚骸〉曾獲得一九九五年中國時報文學獎短篇小說首獎，多次被選入台灣的文學讀本。此文的翻譯，可視作日本馬華文學接受的轉向，開始藉由台灣文學的平台，或從台灣文學的視角，閱讀在華文文學版圖內頗受矚目的馬華文學成果。接著，隔年黃錦樹的馬華論述〈馬華文學與國家主義〉分兩期刊載《植民地文化研究》（2009 年第 8 期、2010 年第 9 期）。其中，二○一○年出版的《植民地文化研究》還包括黎紫書小說〈山瘟〉的日譯、黃英哲教授〈台灣馬華文學〉的簡要論述。

有趣的是，在台馬華文學的介紹和引進日本學界，除了補強過去對馬華文學認知和接受的侷限，但也同時改變了馬華文學的外部

大將，2006），頁 73-76。舛谷銳，〈關於僑民文藝論爭的幾個問題〉，收入吳耀宗編，《當代文學與人文生態》（台北：萬卷樓，2003），頁 165-173。

視域。這些在台馬華文學作品和論述的翻譯，主要是在台灣文學的視域下被呈現。〈魚骸〉被歸納的主題就是「描寫白色恐怖時代的台灣文學」。雖然〈魚骸〉寫作的白色恐怖是馬共議題，跟台灣歷史一九五〇年代以降的白色恐怖不同。但小說的主角卻是一位背著政治恐懼陰影留學和移居台灣的僑生，見證了台灣從戒嚴到解嚴的過程。換言之，所謂白色恐怖時代已跨出地域，成了台馬兩地共享的某段歷史情懷。如此一來，〈魚骸〉以「白色恐怖時代的台灣文學」面貌出現在日本，已具體解釋了台灣文學的多元化，同時呈現了台馬兩地文學重疊的結構。二〇一八年及川茜翻譯李永平〈司徒瑪麗〉（《植民地文化研究》（2018 年第 17 期）一文，並有細緻的解說，依舊放在「白色恐怖時代的台灣文學」。然而，這篇小說出自李永平於台灣回顧婆羅洲殖民歲月的《雨雪霏霏》，由此看來，兼顧台灣視角和殖民地文學的觀照，已是日本學界對馬華文學閱讀接受的另一視角。

另外，由黃英哲、荒井茂夫、松浦恆雄、高嘉謙等人合編「台湾熱帯文学」叢書系列，選擇了在台馬華文學作為另一波推介到日本的馬華文學作品。而在二〇一〇年十月和十二月，李永平《吉陵春秋》和張貴興《群象》分別由京都人文書院出版，這是首批出現在日本的在台馬華文學的日譯本。這兩位馬華背景的台灣作家已深耕多年，該兩本長篇著作已獲兩岸三地評論界的肯定並登陸日本，經由一個「台湾熱帯文学」的形象[8]，呈現了馬華文學的閱讀和傳播的新方式。

---

[8] 「台灣熱帶文學」一詞作為翻譯書系的名稱，是黃錦樹教授提出的概念和創

二〇一一年九月，黃錦樹的小說作品集《夢と豚と黎明》，以及集結黎紫書、賀淑芳等人的馬華短篇小說集《白蟻の夢魔》接續出版。一個完整的「台湾熱帯文学」書系，進入日本的馬華文學閱讀和研究視野，其產生的新意義，以及對台灣、日本、馬華不同文學場的影響，有其重要的價值。

此次的翻譯，似乎也說明了馬華文學疊架於台灣文學內部的意義，其不僅僅是台灣文學的異域情調，更藉此帶動「在台馬華文學」走向更廣大的讀者，組成一個規模更為繁複和龐大的台灣文學世界。換言之，馬華文學的接受和播遷有其更為複雜的意義，重新奠定其作為華文文學經典的認知。當然可以預見的是，李永平和張貴興搬演的婆羅洲長篇故事，可提供日本對熱帶文學，以及台灣文學另一種想像的可能。同時藉由台灣文學平台所呈現的新視野，更能強調台灣文學在面向世界的同時，凸顯台灣文學多元豐富的面貌，勾勒出台灣文學蘊藏的規模與能量，應是推動台灣文學走向世界的重要方向。於是「在台馬華文學」顯然是值得重視的部分，一個台灣文學極具生產潛力的元素，當然更屬特殊的台灣熱帶文學景觀。透過「台湾熱帯文学」書系對「在台馬華文學」進行日譯，等於嘗試向日語世界提供另一個迥異於台灣殖民背景，卻帶有熱帶風情與文化想像的文學窗口，作為探索與認識新世紀台灣文學的起點。這系列叢書的日譯，不但彰顯台灣文學發展所具有的多元紛呈的面貌，同

意。然而，也因為經由翻譯計畫的推動，可以重新反思熱帶文學作為一個文學書寫脈絡在台灣的文學史意義。

時清楚指出馬華文學作為東南亞區域文學，或華語語系文學的一支，在台灣文學內部重疊的文學生產和影響。

《台大東亞文化研究》第四期（2017 年 4 月）製作「日譯馬華文學研究專輯」，收錄三位日本學者的論文，皆屬日本在地中國現代文學研究領域的重要學者。他們都參與了「台湾熱帶文学」的翻譯工作。值得注意的是，此書系帶出和吸引了一批參與翻譯，以及關注，進而研究馬華文學的青壯輩學者，包括及川茜、濱田麻矢、大東和重、西村正男、今泉秀人、羽田朝子、豐田周子等人。當然更不必說資深的荒井茂夫、池田貞子、松浦恆雄等學者的支持。松浦恆雄是《群象》的譯者，翻譯的心路歷程，以及譯者對作品的詮釋和解讀，見諸於翻譯後記，專輯即收錄此文。豐田周子曾翻譯李天葆、龔萬輝、賀淑芳、曾翎龍等人的小說。她對李永平《吉陵春秋》的解讀，可視為她投入馬華文學研究的重要起點。另一位羽田朝子，除了參與黃錦樹小說翻譯，陸續也投入許多關於馬華文學論述的翻譯工作。她對張貴興《群象》的解讀，觸及日譯本之翻譯特色，大體看出日本學者對馬華小說研究的不同取向。三位學者的論述，可以看作日譯馬華文學的最新迴響，也可視為日本最新的關於馬華文學的研究成果。

† 本文原發表於《台大東亞文化研究》第 4 期（2017 年 04 月），頁 1-8。2018 年 11 月 26 日修訂。

台灣經驗與早期風格

──張貴興《沙龍祖母》

　　長期熟讀張貴興小說的讀者，應該知道在一九九〇年代中期以前，這位被視為奠定馬華雨林書寫的小說家，其實還有一個沒有雨林，甚至沒有多少馬華色彩的寫作階段。對照《賽蓮之歌》（1992）、《頑皮家族》（1996）和《群象》（1998）出版以後，讀者和評論家津津樂道的雨林風格和敘事類型，大家關注的是這些描述婆羅洲雨林歷史、家族、成長和冒險故事的長篇著作，如何深化了馬華文學的國族寓言書寫和殖民、後殖民景觀，小說家在渲染豐富魅惑和斑駁的南洋色彩之餘，同時形塑了更鮮明的雨林奇觀。尤其張貴興在二〇〇〇年出版了被視為他目前最好的作品《猴杯》，獲得中國時報文學獎推薦獎。隔年出版《我思念的長眠中的南國公主》（2001），此書在二〇〇七年受到美國出版社青睞，還發行英譯本。二〇一一年被推介翻譯為日文出版的《群象》，以及過去十年來處理馬華文學的台

灣碩博士論文，基本談及張貴興，雨林寫作都是唯一焦點。張貴興小說的備受肯定，無形中締造了在台馬華文學的雨林標誌。

　　如果說張貴興大學還沒畢業就已出版的《伏虎》（1980）是少作，見證了那自高中到大學階段開啟的文學創作之路，那麼《柯珊的兒女》（1988）大概可以視為大學畢業後經過幾年宜蘭歲月的沉潛，決定留在台灣教書，也同時決定著自己持續寫作的可能性的實踐成果。那時的張貴興已步入三十歲，基本來到成家立業，以及謀定人生路向的關卡。這前後幾年的寫作，處理的台灣題材和經驗，投映了作家處身台灣異鄉，卻要成為落地生根的在地者的轉換階段。換言之，那是一個試著用寫作解釋和融入台灣經驗的張貴興，以幽默、利落卻又帶有嘲謔寫實的文字風格，實踐和探索自己在台灣以寫作為志業的路向。而這個階段的張貴興值得注意和認真看待，恰恰是因為投映了上一個世紀僑生背景的青年作者，在台灣走上寫作之路的必然轉型過程，他清楚意識到自己對寫作經驗的捕捉，以及試圖摸索從旅居到移居台灣過程中，對台灣文壇寫作趨勢，以及在地感覺結構的初步掌握。也許正因為有了往後認真和熱情回眸婆羅洲故事而成熟的雨林書寫，一九八一～一九九一這十年的寫作實踐足以看做張貴興的早期風格。

　　這樣的早期風格，不但是作者個人寫作生命的某種劃分，恰恰也可以看作在台馬華文學的一種斷代風格。我們對照張貴興來台的前後十年，一九六七年同樣出身沙勞越的李永平來到台大外文系念書，同樣就讀外文系的背景，李的小說經營卻著眼在南洋特質和中國性的辯證，無論早期的《拉子婦》（1976），成名作《吉陵春秋》

（1986），這階段的李永平依然不同於張貴興，在婆羅洲故事的背後，有更多論者以為執著於鄉愁和文字的操作。而晚於張貴興十年來台的黃錦樹，他一九八〇年代末期開始的小說寫作，已精準表徵大馬政教環境、華人生存寓言和歷史傷痕，關注馬華文學生態、華人移民的處境和命運。如果將這分隔三個十年來台的三位馬華小說家並置來看，就在一九八〇年代的這個十年，李永平正構思自己的文字原鄉和情感原鄉，延續前一代離散華人特質的思考。而黃錦樹來台正經歷台灣解嚴風潮，以及大馬政經的劇烈變動的洗禮，其後的小說寫作，自然已有不同的台灣養分刺激和馬來西亞政治種族議題的視域。似乎只有張貴興，在這十年適逢謀職和安家的寫作階段，努力實踐和嘗試回應台灣經驗[1]。如果這是張貴興個人寫作生命的早期風格，卻也指涉了在台馬華文學重要的分水嶺。相隔十年，卻已是兩個世代的僑生寫作者，無論回應故鄉馬來西亞或異鄉台灣，他們都已有不同的視域。這種風格的變遷和議題的關懷勾勒出在台馬華寫作世代的交替，同時也是早期留台馬華作家的心路歷程和體驗。也不過是再相隔十餘年後的廿一世紀，張貴興等人的那個世代也早

---

[1]　當然不能忽略跟張貴興大學生涯重疊的神州詩社同仁，但由於領袖人物溫瑞安和方娥真的被迫出境，以及神州詩社的分崩離析，自然也談不上他們在一九八〇年代的台灣書寫意義。另外一個例子是曾在大學修習園藝，並在一九七二至七四年任教於台灣中興大學園藝系的潘雨桐。他在一九八〇年代重新在台灣文壇登場，獲得文學獎，並先後出版了小說集《因風飛過薔薇》（一九八七）和《昨夜星辰》（一九八九）。其時他已離開台灣且脫離學生身分多年，跟落地生根的張貴興等人也不同。

已不同於此時陸續在台灣登場的馬華寫作者。

　　一九八八年《柯珊的兒女》的出版，並沒有獲得廣泛討論，僅有四個中短篇也難以概括張貴興的寫作風格。眼前這本《沙龍祖母》除了原《柯珊的兒女》的四篇作品〈柯珊的兒女〉（1988）、〈如果鳳凰不死〉（1981）、〈彎刀‧蘭花‧左輪槍〉（1983）、〈圍城の進出〉（1986），另外收入當年發表於台灣報刊和馬來西亞文學期刊《蕉風》的小說，如〈潮濕的手〉（1984）、〈馬諾德〉（1990）、〈影武者〉、〈沙龍祖母〉（1991），共八篇，介於一九八一至一九九一這十一年間的短篇作品。這些小說隱然是作者反芻自己的台灣經驗，且有意識的在省思自己的寫作位置。

　　我們將這些小說並置來看，可以清晰看到張貴興早期寫作脈絡，以及風格的轉型。〈如果鳳凰不死〉帶有鄉野傳奇的敘事腔調；〈圍城の進出〉對日本以「進出」竄改侵華的歷史解釋，透過棋局寓意家國和民族，卻以大量省略號的簡化修辭和語言，戲仿中國歷史情結和民族文化的寓言書寫；〈柯珊的兒女〉突出都市文體的俏皮、嘲謔和荒誕；這些都可看作張貴興對大陸和台灣從一九八〇年代以來從鄉土走向都市文學發展過程中，對中文寫作類型的鄉野、尋根、都市書寫的某種程度回應和實踐。另外，〈潮濕的手〉描寫老師家訪擅畫裸女圖，但就讀升學班的問題學生，卻險成了當妓女的學生母親的「囊中物」，彷彿一齣驚悚短劇，戳破了年輕老師初執教鞭的青澀美夢；〈影武者〉寫大學校園內教師、師生、工友之間諂媚、攀附、偷情、不倫等狗屁倒灶的爛事，筆鋒不乏反諷和黑色幽默，頗有《圍城》的趣味。這些議題和素材大概有張貴興教書生涯的觀察和狂想。

〈馬諾德〉描述專業牙醫遭遇妻子劈腿，最終關閉診所，從專業形象墮落為市儈商人的心路轉折。但特別的是，主角馬諾德有一位婆羅洲留台生背景的朋友，一個雨林的奇觀地景已隱約嵌入台灣故事的布景。〈沙龍祖母〉則以帶有傳奇色彩的筆觸刻畫了一位華人家庭中受子孫伺候和尊崇的老祖母。張貴興關注人物背後的底子，著眼於移民家族氛圍的營造，顯然已有後來寫作《頑皮家族》南洋移民史故事的筆調。

　　而在一九八〇年代的作品中，〈彎刀‧蘭花‧左輪槍〉唯一被認為是張貴興處理馬華經驗的代表作，基本像是處理作者的成長經歷和族群意識。小說裡那個留學台灣的大馬華裔青年由於教育成長背景的不同，在辦理簽證和跨越邊境過程中因為不諳國語（馬來語）而導致荒謬誇張的劫持人質事件，最後慘遭警方槍殺。小說凸顯了被定義的華人身分與國家認同，必須經由馬來語的通關認證。這恰恰對應了作者留台和入籍過程中，對國族、語言和身分轉換的深切反思。其實那也是一種台灣經驗，留台生的背景，相對的時空距離和華語華人相互融合的台灣氛圍，暴露了華人與馬來語之間的糾葛，以及背後複雜的華巫種族矛盾。

　　於是我們強調張貴興小說的早期風格，旨在勾勒在台的馬華寫作者，從留台到長期移居過程中，難免有一個特殊的階段在面對故鄉和異鄉之際，對自身寫作立場和生活經驗的游移和反思。那產生的不同層面的台灣在地經驗的轉化，其實見證了一個離散寫作者的嘗試和局限。

　　在馬華文學譜系內，張貴興的雨林書寫早已成為顯學。《沙龍祖

母》是他近年經營長篇雨林書寫後，重新整理和集結短篇舊作成書，可以視為張貴興自《我思念的長眠中的南國公主》（2001）以來，重現文壇的暖身之作。但也藉此機會回顧了一個婆羅洲少年在台灣以寫作安身立命的起點。

† 本文原收入張貴興《沙龍祖母》（台北：聯經，2012），頁 3-7。

本卷作者簡介

　　高嘉謙，政治大學中國文學博士，現任台灣大學中文系副教授，曾於捷克布拉格查理士大學客座講學。主要研究領域為中國近現代文學、漢詩、民國舊體詩詞、馬華文學。研究成果曾獲科技部吳大猷先生紀念獎、科技部人社中心人文學及社會科學專書補助、中研院年輕學者著作獎。著有《遺民、疆界與現代性——漢詩的南方離散與抒情（1895～1945）》（台北：聯經出版公司，2016）、《國族與歷史的隱喻——近現代武俠傳奇的精神史考察（1895～1949）》（台北：花木蘭出版社，2014）。編輯《抒情傳統與維新時代》（上海：上海文藝，2012，與吳盛青合編）、馬華文學的日本翻譯計畫「台灣熱帶文學」系列（京都：人文書院，2010-2011，與黃英哲等合編）、《從摩羅到諾貝爾——文學‧經典‧現代意識》（台北：麥田，2015，與鄭毓瑜合編）、《散文類》（台北：麥田，2015，與黃錦樹合編）、《華夷風——華語語系文學讀本》（台北：聯經，2016，與王德威、胡金倫合編）、《見山又是山——李永平研究》（台北：麥田，2017）。